단편집

말하는 여자

단편집

말하는 여자

作家 신종국

말하는 여자

초판 1쇄인쇄 2025년 10월 23일
초판 1쇄발행 2025년 10월 25일

저　자 신종국
발행인 박지연
발행처 도서출판 도화
등　록 2013년 11월 19일 제2013-000124호
주　소 서울시 송파구 중대로34길 9-3
전　화 02) 3012-1030
팩　스 02) 3012-1031
전자우편 dohwa1030@daum.net
인　쇄 (주)유진보라
ISBN│979-11-24052-03-7*03810
정가 15,000원

부산광역시　**ㅂㅁㅎㅈㄷ** 부산문화재단
BUSAN METROPOLITAN CITY　　BUSAN CULTURAL FOUNDATION

*본 사업은 2025년 부산광역시, 부산문화재단〈부산문화예술지원사업〉
　으로 지원을 받았습니다.

잘못 만들어진 책은 교환해 드립니다.
저자와 출판사의 허락 없이 책의 전부 또는 일부 내용을 사용할 수 없습니다.

도화道化, fool는
고정적인 질서에 대한 익살맞은 비판자,
고정화된 사고의 틀을 해체한다는 뜻입니다.

차 례

뛰는 아이 / 7
물속 바람계곡 / 37
말하는 여자 / 69
인철이 / 97
식복사 젬마 / 145
한 줌의 빛 / 179

해설
난폭한 세계와 마주한 삶의 비의 / 213
작가의 말 / 229

뛰는 아이

산허리를 벗어나자 동네가 보였다.

현풍을 지나 고령으로 진입한 지 십여 분은 된 듯했다.

면 단위 정도의 고만고만 낮은 집들이 멀리 논밭 사이로 다가왔다 사라진다.

"뜨신 바람만 들어오네… 마, 창문 닫아뿌까?"

열린 차창으로 흙먼지 자욱한 도로의 지열이 차 속에 가득했다. 그렇게 오랜만에 입을 연 남자가 조수석의 아이를 보았다. 언제부턴가 아이는 낯선 집들이 다가오자 잔뜩 몸을 공처럼 웅크리고 앞만 응시하고 있다.

"안 덥나?"

"전, 괜찮습니다."

아이는 낡고 더러운 뉴욕 양키스 모자를 쓰고 있다. 빨간 자수의 큼직한 NY 알파벳만은 때에 찌든 까만 처음 바탕으로 또렷했다. 아이가 경어를 쓰고 있다. 평소의 어투인 사투리가 아니다.

"차가 고물이다. 내 차는 마 짐차다. 시방 니 자리 바닥에도 썩은 채소나 과일 냄시 안 나나? 어제는 참외 밭떼기로 성주까지 갔다 아이가. 날마다 여기저기 멀리 댕긴다."

"냄새, 괜찮아요, 아빠."

남자는 아이가 아빠라 부르는 소리에 머리가 말짱해졌다. 그 단어에 냉방이니 뭐니 하는 말이 머릿속에서 확 달아났다. 양 귓가로 차가운 소름이 수직으로 내렸다.

"니는 요즘… 늘 괜찮다고만 하네. 머가 괜찮다는 건지, 알고 말하는 기가?"

대답이 없다. 앙다문 입술 위로 아이의 두 눈이 초롱초롱 했다.

"다 왔는갑다. 니, 지금, 우리가 어디 왔는지 알것나? 여기가 어디겠노?"

아이가 남자를 올려다본다. 아이의 얼굴이 굳어 있다.

남자는 이리저리 시골 마을 중심가를 몇 번 회차 했다. 그러다가 작정한 듯 마을 초입의 묵은 논두렁 쪽 공터에 자신의 고물차를 세웠다.

"이거…니 용돈해라. 조금씩 아끼 쓰면 제법 오래 쓸기다."

남자가 돈 봉투 하나를 아이에게 들이밀었다. 아이가 놀란 얼굴로 남자를 올려다본다. 조그만 아이다.

"안 받나? 받아라!"

"괜찮아요. 저는 돈 없어도 돼요."

아이의 어조가 바싹 말라 있다.

"그래도 받그라. 살다보믄 필요할끼다. 니 엄마가 니한테 돈 잘 안 준다 아이가."

"아빠… 돈 안 주서도 돼요! 정말입니다."

아이가 요지부동이다. 남자는 돈 봉투를 아이의 허벅지 위로 던진다.

"고집 부리믄 여서 내리라 칼끼다."

그러고도 남자는 한참이나 차에서 내리지 않았다. 아이도 차 속에 그냥 있었다. 아마 남자가 내리라고 해야만 내릴 모양이다. 거의 십여 분이 지나서 남자는 운전석 문을 천천히 열고 나왔다. 머리 위 일광을 손으로 가리며 그가 뭐라 말하자 아이가 조수석 문을 밀고 느리게 내렸다. 모자를 반듯하게 쓴 초등 4, 5학년 정도의 중늙은이 아이다. 아이는 오후의 태양 아래 꽂힌 듯 그 자리에 서 있다가 남자가 마을 중심가 쪽으로 걸음을 옮기자 놓칠세라 뒤따랐다.

읍도 아니고 면 단위라 그런지 마을 중심가 도로는 200m도 채 되지 않아 건물들이 끊겨 버렸다.

도로는 억센 풀들이 가득한 나대지를 양쪽으로 날개처럼 달고 있다. 이미 퇴락한 마을이라 그런지 남자는 자신이 목표로 한 건물을 바로 찾아내어 징조준히듯 걸어갔다.

〈고향 추어탕〉은 낮 장사를 마친 듯 밖에서 보니 내부에 아무도 보이지 않는다.

메뉴가 어지럽게 쓰인 현관 통유리를 통해 안을 들여다보던 남자가 문을 몇 번 세차게 흔들었다. 자동문 장치가 없는 그 식당은 얼핏 보아도 테이블 몇 개 정도의 영세한 규모다. 출입문에 부착된 바랜 종이를 발견했다. 거의 메모 수준의 작은 종이쪽지다.

"브레이크 타임이가? 머 이런 깡촌에도 이런 기 다 있단 말가?"

하고 찡그린 표정으로 옆에 서 있는 아이를 내려다보았다. 아이가 그런 남자의 시선을 아래에서 받쳐주듯 조용히 올려다본다.

"마, 여 좀 앉아 있자. 기다리몬 누군가 올 끼다."

남자는 식당 건물이 만들어준 그늘을 찾아 아이와 나란히 보도와 경계가 된 돋움 턱에 앉았다. 아이도 남자 곁에 자리 잡는다.

한여름 열기는 그 주변에만 갇힌 듯 전혀 흐름 없이 충만했다. 남자는 지친 얼굴로 흐르는 이마의 땀을 팔등으로 계속 닦아내었다. 더워도 너무 더웠다. 그런데 아이는 땀 하나 흘리지 않는 눈치라 남자는 의아했다.

문득 생각이 난 듯 남자가 도로로 나가 식당 간판을 살핀다. 낡은 간판의 상호 아래 전화번호가 보였다. 폰으로 전화를 걸었

으나 아무 응답이 없자 남자는 뒷주머니에 폰을 쑤셔 넣은 뒤 담배 한 개비를 찾아내어 불을 붙이다가
"니, 담배 냄새 싫으믄 멀찌기 떨어져 있거라."
했다.
"전 괜찮아요. 아빠."
아이가 바로 응답한다. 표정이 진심이다.
"미안타. 니는 내처럼 담배 피는 사람 되지 말그라. 하나도 안 좋타. 근데 니는 우째 땀 하나 안 흘리노? 증말 안 덥나?"
"괜찮아요. 땀 안 나요."
"오줌은 안 마렵나? 화장실에 안 가네, 화장실 내가 찾아보까?"
"안 마려워요, 아빠."
"니는 모조리 괜찮다 카네. 신기하네."
그 말을 끝으로 두 사람은, 대낮 태양광에 지쳐 뭉개지듯 나앉은 눈앞의 산을 망연히 바라보았다.

내가 지금 무슨 짓을 하고 있는가?
이 아이를 도대체 어디에 내다 버리려 하는가?
이게 끝인가. 이게….

어젯밤 아이의 작은 이불 보퉁이를 꾸리다가 남자는 두 눈이 갑자기 침침해졌다. 머릿속이 아득했고 무방비로 좌절한다. 그

는 무서운 얼굴로 마음을 돌처럼 다잡았다. 아이의 보잘것없는 여름 이불 보퉁이를 들고 자신의 낡은 영세민아파트 지하 주차장으로 내려가 채소장사 차량의 짐칸에 던져 넣었다. 어젯밤 일이다. 아이가 잠들었을 때.

거의 해거름이 되어서야 사람이 나타났다.
주변 그늘의 밀도가 깊어져, 그 속으로 60은 지나 보이는 중늙은이 하나가 들어선 것을 남자는 미처 몰랐다. 낯선 음성이 남자의 고개를 들게 했다.
"식사할라꼬예? 여섯 시는 대야 하는데!"
남자는 낯선 소리에 엉거주춤 자리에서 일어났다. 두 사람은 서로 잘 모르는 얼굴이어서 무슨 말을 해야 할지 난감한 듯 애매하게 상대를 바라보았다.
"여기가… 처형 식당이 아인가 싶네요."
"처형요? 무신 처형?"
"아이의 큰이모."
"아이요? 무슨 아이 말하능교?"
그때서야 남자는 아이가 주변에 없음을 깨달았다.
"오데 갔노? 내하고 여기 몇 시간째 앉아 있었는데…."
"아아라 카믄, 부산 사는 내 막내 처제 아들을 말하는 가베?"
"형님 되시네요. 낯이 좀 기억납니다. 결혼식 때 부산에 내리오셨지요? 자갈치서 회도 드시고…."

뛰는 아이 13

5년 전, 가족과 가까운 친인척만 오게 한 결혼식에서 눈앞의 큰 동서를 본 잔상이 지나간다.

"그라고 보이 그러네! 근데, 인자는 머라 불러야겠노? 내도 그쪽 이혼 소식은 들었다만…."

"한 달 전입니더. 마 그렇게 됐심더."

"그라믄, 다 정리된 기가?"

"남남 됐심더. 소송까지 갈 것도 없이 합의로 끝났심더. 아 엄마가 다 말했을 낀데요?"

"그 소식은 알고 있네. 우리도 전화로 들은 기라. 근데 잘못 찾아왔구만. 나도 집사람도 몇 년째 처제를 본 적 없네. 시방 처제 찾으러 왔다면 허탕친 기라."

"내가 와 그 여자를 찾겠습니꺼? 아아만 주고 가믄 됩니더."

"그랄라고 왔다고? …기가 찬다. 그나저나 아는 오데 있노? 여 있었다매?"

그때 아이가 나타났다. 숨소리가 몸보다 먼저 다가오고 있었는데, 얼굴 전체가 발갛게 달구어진 땀범벅이어서 달리기 경주라도 하고 온 듯했다. 저 아이는 어쩌자고 또 이 더운 낯선 시골길을 뛰고 있단 말인가.

"저 아가 그 아가?"

남자는 중늙은이의 말에 대답하지 않았다. 그 대신 아이의 뒷머리를 살짝 밀어 그에게 인사를 시켰다.

"니 큰이모부다. 인사하거라."

아이가 엉겁결에 인사를 꾸벅한다. 온몸이 흙먼지다. 심심했던가, 제법 멀리 뜀박질을 여러 차례 하고 다닌 모양이다. 아이가 그러고 다닌 것을 남자는 전혀 몰랐었다. 〈고향 추어탕〉 길바닥에서 자신은 그새 깊이 잠들었나 보다.

아이가 자꾸 달립니다. 쉬는 시간에도 점심시간에도요….
그리고, 하교하면 교문으로 바로 달려가고요.
아마 도로에서도 달릴걸요. 집까지 쉬지도 않고요.

"야야 들어가자, 이게 다 뭐꼬? 얼굴이라도 씻어야 하겠구마! 그란데 와, 밖에서 이라고들 있었노? 안에 사람이 있는데 말다. 집사람이 있다 말다."
중늙은이가 열쇠를 넣어 출입문을 밀고 들어가면서
"보소! 나와 보그라!"
소리치자 홀에 딸린 방문 하나가 열리고, 낮잠을 자다가 깼는지 늙은 여자의 허옇게 산발된 머리 하나가, 안에서 누가 밀 듯이 방바닥과 거의 수평으로 밀려 나왔다.
"…누고?"
"당신 조카가 왔다 안 카나! 아즉도 자고 있나? 저녁 장사 안 할 끼가?"
여자가 겨우 방문 기둥을 붙잡고 느리게 식당 홀로 내려선다. 슬리퍼를 신다가 하마터면 자빠질 뻔까지 한다.

"누가 왔다고 그카는데?"

가까운 테이블 모서리에 겨우 한쪽 손을 짚고서야 몸을 세운다. 뒤엉킨 은발이 철수세미 뭉치다.

"당신 막내 여동상 아아다. 당신 조카라고!"

중늙은이 말소리에 여자의 눈빛이 돌변했다.

"머시라? 그 가스나 아아라꼬? 벌쎄 이래 컸나!"

그녀가 비틀비틀 몇 걸음 다가와 멀거니 소년을 내려다보았다.

"니 맞나? 내 막내 여동생 아아가 맞나?"

아이는 대답하지 않고 그녀를 가만히 올려다보다가 남자 뒤로 몸을 숨겨 그녀를 훔쳐본다. 서로 전혀 본 적이 없었다.

"니 몇 살이고?"

"열 살요."

"그라믄 몇 학년이고?"

"4학년입니다."

"오매, 갱상도 사투리를 안 쓰네. 표준말을 다 쓰네! 도시 아라 그런 가베! 눈 모양은 영판 지 에미네. 그 가스나가 눈은 이뻤다 아이가!"

낯선 게 표준말 때문인가…. 출발 때부터 아이는 또박또박 경어까지 쓰고 있다. 남자도 그 점이 새삼스러웠다.

"밥 좀 말아 오그라! 내가 보이, 밖에서 여러 시간을 이라고 기다린 모양이더라꼬."

그 말끝에 여자가 처음으로 남자 쪽으로 시선을 홱 돌려

"시방 무신 소리고? 아즉 지 새낀데, 배도 곯리고 여태 끌고 댕깄나? 그쪽도 한심한 거는 알고 있능교?"

손가락으로 남자에게 삿대질까지 시작하자 중늙은이가 서둘러 늙은 아내를 떼어냈다.

"그기, 다 무신 소용 있는 말이고. 마 시끄럽다! 어서 국밥 두 개 말아 오라꼬!"

"싫쿠마! 내는 저 아아만 줄 끼다. 아무리 지 여편네가 바람나서 싸돌아다녀도 에비가 아아 배를 곯리믄 안 된다 아이가!"

놀란 중늙은이가 여자를 서둘러 주방으로 쫓고는 홀 중앙에 멀거니 서 있는 두 사람을 가까운 테이블로 끌어다 마주 앉혔다. 그리고 목욕탕 탈의실에나 있음직한 대형 선풍기를 틀어준다.

의자에 앉은 남자는 두 손으로 땀범벅의 얼굴을 훔쳐내다가 그냥 테이블 위에 팔꿈치를 대고 자신의 얼굴을 열 손가락으로 뒤덮은 채 꼼짝도 하지 않았다. 아이가 보기에 얼굴이 없는, 두 손으로 죄다 가려진 기괴한 면상이다. 한 번도 인식하지 않았던 어른 손등의 굵은 정맥들이 아이의 눈에 도드라졌다.

여자가 테이블 위로 국밥 두 그릇과 밑반찬을 던지듯 놓는다. 그리고, 좀 떨어진 빈 테이블 의자 하나를 소리 나게 끌고 와 몸을 무겁게 얹고는 남자를 재차 쏘아보기 시작한다.

차려진 찬들을 그 둘 앞으로 다독여 놓으며, 중늙은이가

"어른들이야 추어탕을 먹지만 아는 우짤지 모르겠다. 니 이거 먹을 수 있겠나?"

하고 묻자 아이가 중얼대듯 말했다.
"괜찮습니다. 고맙습니다."
"그래? 선풍기 바람에 다 식겄다. 어서 먹거라. 지피나 소금 통도 있으이 필요하믄 넣고."
아이는 중늙은이의 말보다, 맞은 편 남자가 숟가락을 들자 뒤따라 밥을 조용히 재빠르게 먹기 시작했다. 그 모습을 보고 산발한 여자가 소리 죽여 운다.

두 사람이 맛있게 그릇들을 비우자 그녀는 울음을 바로 중단하고
"야야, 니 쪼매 문밖에 가 있을래? 어른들이 이야기 좀 나누고 니 부를끼다."
아이가 놀란 얼굴로 어른들을 둘러보다가 남자의 굳은 얼굴을 보고는 조심스레 밖으로 나갔다. 나간 아이는 가게 쪽으로는 몸을 등지고 도로를 향해 망연히 서 있다.
여자가 말소리를 낮추어 말문을 열었다.
"우짤라꼬?… 와 이리로 데꼬 왔는데?"
"아이 외할매 집으로 갈 낍니더. 두 분께 맡기려고 온 거 아입니다. 친정어머니랑 이야기가 다 되어있고 거기로 보내 달라고, 지 엄마 마지막 문자가 왔슴다. 여서 물어보믄 친정집 가는 길을 바로 알 수 있다 했심더."
"미친 가스나네! 다 늙은 친정엄마가 지금 어떤 꼴인지도 모

린다 말가? 여든아홉 된 치매 노인이 자기 몸도 건사 못하고 겨우 살고 있는데 누굴 맽긴다꼬? 내도 말이 큰딸이지, 우리 오매랑 같이 늙어가는 거 안 비이나?"

여자의 말에 남자는 전혀 개의치 않고

"합의 이혼 판정 뒤에는 아이 엄말 만난 적 없슴니다. 그 전부터도 집에는 아예 들어오지 않았고요. 합의문에도 아이를 자기가 데려가는 걸로 되어 있슴더."

"그케서 그쪽이 지금, 보란 듯이 당당한가베?"

"언니나 엄마에게 다 연락했다고도 했심더. 그라고 저랑은 인자 연락도 안 됩니다. 겨우 어제서야 아아를 어머니에게 보내면 된다, 다 이야기 돼 있다는 문자만 왔거든요. 내가 통화나 문잘 해도 일체 응답 없고요."

"그건 지 사정 아이가! 지 친정이 무슨 꼴인데? 다 우짜고 사는데 그 지랄들이고? 내사 그 가스나 전화 안 받았다고 잡아뗄 생각은 없다. 우리도 어제 통화는 했다. 그케도 이래 불쑥 아아를 데꼬 오믄 우짜노? 데꼬 와도 그 가스나가 데꼬 와야 안 되나?"

여자가 다시 삿대질을 하고 싶은지 바싹 남자 쪽으로 의자를 당겨 앉자 중늙은이가 황급히 늙은 아내를 밀치면서 남자에게 묻는다.

"그보다도 말다, 지금 저 아이는 어디까지 알고 있노? 너거 둘이 이혼한 거는 알고 있는 기가?"

"내사 아무 말 안 했심더. 지 에미가 다 말했겠지요. 에미나 아이가 휴대폰 다 가지고 안 있습니까?"

"지 에미랑 어디까지 말을 했는지, 그런 건 우리사 모르지!"

"자기가 아아를 데꼬 산다고 판사한테도 소리 쳤심더. 친부가 살아있어 친권을 되살릴 계획도 있다고 법원에 큰 소리쳤고요. 암튼 지한테는 잠시 친정에 맡기는 거라 했심더."

"친부라 카믄 이혼한 첫 남편 말하는 가베! 소문에 그 인간은 바로 재혼해서 아아 둘 낳고, 대구 어디 칠성시장에선가 겨우겨우 입에 풀칠하고 산다던데, 가당키나 한 말이가? 여태까지 양육비는커녕 아들 한번 안 찾아본다고, 가스나가 지 입으로 늘 욕을 안 하던 갑네?"

끼어든 여자의 음성은 쇳소리로 갈라졌다. 늙은 아내의 노기에 중늙은이는 한층 일그러진 얼굴로

"한 번도 저 아이가 자네에게 물어도 안 보더나? 와 엄마 아빠가 이혼하는지, 엄마가 와 집에 안 들어오는지 말다?"

"없심더."

"단 한 번도?"

"없심더."

그러고 보니 이상한 일이다. 아이가 왜 한 번도 묻지 않는지…. 엄마에게 무슨 말을 들었다면 들은 대로, 들은 바가 없으면 없는 대로 집안 분위기가 이상하게 돌아가는 것에 대해 자신에게 물어보는 게 정상이 아닌가 싶었다. 그는 다소 헷갈려하며

"…아마 지 에미가 설명을 해줬으이, 그런 거 아인가요?"

하자 중늙은이가

"처제가 지가 데꼬 살 끼라고 아에게 잘 설명했다면, 그라면, 지금 저 아이는 와 자넬 따라 다니고 있노? 예까지 와 군소리 없이 자네를 따라 온기고 말다!"

남자는 당황했다. 왜 아이는 질문 한마디 없이 따라온 걸까.

"지 엄마가 내한테는 분명히 말했심더! 아한테 자기가 다 말하겠다고요. 아마 아는 뭔가 알고 안 있겠습니까?"

남자는 분노로 목소리가 높아졌다.

"글씨, 그렇다믄 와 아아가 지금 지 엄마 따라 안 가고 그쪽 따라 댕기고 있냐, 그 말 아인가베?"

"그 사람한테 전화 해보시믄 됩니더. 아한테 말을 다 했는지 안 했는지 말입니더! 내 전화는 받지도 않으니 한번 해보시든지요!"

"머, 내가 말라꼬…."

"내는 장사에 전세금까지 필요해서, 집주인에게 새로 들어올 사람 구해라꼬 며칠 전 말해놨심더. 나도, 저 아도 앞으로는 갈 데가 없심더."

"인자 남이네. 완전 남이구만."

늙은 남편의 이상한 추임새에 독기가 더 올랐는지 여자가 혀의 날을 세웠다.

"너거 어른 둘 다! 저그만 살라꼬 아아를 내다 버리는 꼴 아인가베? 내 한 마디 해보자! 그쪽도 내 동생에게 너무 돈 한 푼 안

주고 내쫓는 거 아이가? 뭐 친정이 입이 없어 가마이 있능 건 아이라꼬! 그 전세보증금 받으몬 절반 정도는 내 동상에게 위자료로 줘도 머가 문제 되노?"

"그런 건 다 판결로 끝났심더. 그 전세금은 결혼 때 저가 가져온 제 돈입니다. 아 엄마가 1원 하나 보탠 거 없심더. 재산분할 대상이 아예 아니라꼬 판사도 그랬심더. 살면서도 그 사람이 보탠 건 하나도 없네여."

남자는 대답이 평온해졌다. 조금도 뺏길 생각이 없었으므로.

그러자, 이번엔 이런 말이 나온 김에 자신의 궁금증이라도 풀어야 하겠다는 표정으로 중늙은이가 아주 낮은 소리로 물었다.

"이혼 사유는… 우리가 알고 있는, 그기 맞나?"

"머로 알고 있십니꺼?"

"머, 남편 몰래 여기저기 보증을 서서 돈 날리고, 빚을 마이 남기서 그리됐다고…"

"그런 거는 참습니다. 바람 폈어요. 몰랐습니꺼? 지가 직접 목격했꼬요, 장사하고 좀 일찍 오보이 집구석에서 웬 놈캉 그카고 있는 거…."

남자는 깡촌의 두 중늙은이를 번갈아 쏘아보았다. 그 서슬에 큰 언니인 백발 쑤세미 여자가 한풀 꺾인다.

"하기사 입이 열 개라도 할 말이 머 있겠노…. 그 가스나는 천성이 글러 먹었다 아이가. 그거 숨길 생각은 마, 없다. 벌써 자네만 혀도 세 번째 남편 아인가베. 지금 새로 붙어먹은 놈도 빨리 정신 채리야 할 낀데…. 아주 에릴 때부터 가랑이 늘 벌리고 다 닌 년이다. 내사 안 숨긴다. 멀 더 숨기것노."

 남자는 도로 쪽으로 시선을 홱 돌렸다. 혹시 아이가 듣고 있나 해서인데 이상하게 아이는 또 보이지 않았다.

 "근데 저 아가 몇 살 때고? 자네가 장가든 때가?"

 남편의 질문에 여자가 대신

 "그건 와 묻노? 아아가 너댓 살 때다. 저 아이 생부랑은 2년도 채 되기 전에 파토 났고, 두 번째랑은 3년 가차이 살다가 이혼당하고는 바로 또 이 남자랑 식 올릿다 아이가. 그년이 그때도 식 올린다꼬 버젓이 여기저기 다 알리고 그 난리 안 첬나. 결혼식은 와 자꾸 올리고 지랄했을꼬? 하도 뽂아싸서 부산 결혼식장까지 우리도 내리갔다 아이가. 엄마한테는 알리지도 몬 한기라…. 내 겉으면 소문 없이 그냥 결혼식도 안 올리고 조용히 살 낀데 말다. 내사 넘사스러버 말도 안 나온다 인자는."

 "그 사람이 결혼식 올리자고 했심다. 내는 처음이라 카믄서."

 "마 그렇고, 그쪽은 아 외할매 얼굴도 모르제? 인자 장모도 아이다만, 장모 보러 한 번도 안 왔을 낀데?"

 하고 여자가 다시 힐난했다. 남자는 침묵했다. 아이 엄마는 같이 사는 5년 동안 한 번도 처가에 가보자고 한 적이 없다.

 맹숭한 얼굴로 서로의 눈치를 보고 있자 중늙은이가 불쑥 끼어들었다.

 "내 말은, 네 살 때라믄, 저 아아가 기억을 우째 하고 있을까 말다. 처제는 아무 말 안 하고 키운 눈치고 자네도 자네 자식으로 키운 거 아인가베? 자네 혹시 처음부터 계부라 말하고 지난 5년 동안 키웠더나?"

"그런 적 없심더…. 그케도 아마 지 엄마가 인자는 다 말해줬을 낍니더. 내가 지 아버지가 아니라는 사실을."

"내사 모르겠네. 저 아이가 지 아버지를 도대체 누구로 기억하는지 모르겠다고…. 아주 어린 기억 아인가베? 네 살 때라믄…. 마 자네가 거두고 살믄 안 되것나?"

남자는 멀뚱한 표정으로 다 늙은 부부를 바라보다가 다시 두 손으로 얼굴을 감싸고 말이 없다. 펼친 열 손가락으로 그의 얼굴은 죄다 가려졌다. 그만큼 시커멓게 찌든 남자의 얼굴은 주먹만 했다.

"어렵겠제…. 지 친부도 생모도 다 멀뚱히 살아있는 판에… 마, 나도 답답해서 해본 소리다."

세 사람은 각자 생각에 잠겨 오랫동안 침묵했다. 그러다가 정신을 차린 남자가 휴대폰을 켰다. 그리고 손가락으로 몇 번 조작한 뒤 중늙은이에게 내밀며 선잠에서 깬 듯한 음성으로 말한다.

"여서 마이 먼가요? 요, 폰 화면 함 보시고…."

"이거, 내비라는 기가?"

"아입니더. 맵입니더. 지도도, 길거리 사진도 다 나옵니더."

중늙은이가 가까이 고개를 숙여 폰을 들여다본다. 폰 광량이 눈부신지 가늘게 시선을 모으다가

"잘 안 보이네. 쪼매 키워보게."

"이 길이… 이 앞길입니다. 식당이 바로 요고요. 여서 진행 방향으로 쭈욱 길이 안 보입니꺼?"

"대밭골 아인가베. 대밭골이라고 쳐보지?"

"대밭골?… 안 나오는데요?"

"아, 죽전리다. 그라고 보이 행정 주소로는 죽전리네! 그 부락에 가서 고향 추어탕 친정 찾으몬 바로 갈키 준다."

남자가 죽전리라 입력하자 화면이 순간 몸을 부풀리며 전답들이 좍 당겨졌다.

"여서 죽 올라가다 보면 두 번째로 나오는 마을인기라. 오매, 동네 사진도 바로 나오네! 여 도로에서 골목 바로 안집 아인가베. 바로 보이네! 마당에 큰 감나무 하나 서 있는 집이다. 그 집만 그렇다. 차로 가믄 십 분도 안 걸린다. 마, 내캉 같이 가까?"

중늙은이가 그렇게 말하자 여자가 펄쩍 뛴다.

"머라카노? 당신 손으로 저 아를 다 늙은 장모에게 넘가준다꼬? 그 미친 가스나 일인데, 와 우리가 나서야 하는데? 정신이 있는 기가 없는 기가!"

"내사 길만 가르쳐주는 거 아이가. 엥가이 그케라."

"저녁 장사는 안 할 끼가? 인자 웃뜸 농막에서 일하는 외노자 인부들이 들이닥칠 낀데, 내 혼자 북 치고 장구 치고 다 해란 말가? 당신은 마, 내 동생 일에 손 떼라 말다! 무신 말인지 알긋나!"

남자는 그녀의 날선 발악에 벌떡 자리에서 일어섰다.

뛰는 아이 25

"잘 묵었심더. 가볼랍니다. 내일 고령 읍내 교육지원청에 아 데꼬 가서 전학 수속만 해주시믄 됩니더. 그래도 친조카 아입니꺼!"

남자는 잰걸음으로 식당을 빠져나갔다.

"지 핏줄이 아이란 말이제!"

여자의 말이 저주처럼 따라왔다.

도로에서 아이를 찾아 좌우를 살펴보니 멀리 주차해둔 자신의 차량 쪽에서 숨차게 뛰어오고 있다.

"니 오데 갔더노? 이리 더븐데 와 또 뛰고 난리고?"

아이가 머뭇대다가

"괜찮아요."

하고 남자를 말갛게 올려다본다.

땀인지 땟물인지 아이의 맨얼굴은 까만 모자 아래 물에 빠진 생쥐마냥 번들대었다.

"안 덥나? 오데 갔더노?"

"아빠 차에요."

"차는 와?"

"그냥요."

"그냥?"

"아빠 차 옆에 있으면… 안심돼요."

"머라꼬? 와 안심되는데? 누가 그 똥차 훔쳐 갈까 바서 그카나?"

아이는 대답하지 않았다.

남자는 아이의 등을 툭툭 밀어가면서 자신의 차를 향해 걸어갔다.

그를 조수석에 태운 뒤 남자는 시동을 걸었다. 죽전리라 입력한 뒤 차를 도로로 올리자 차는 이미 어둠으로 흐려진 도로의 한쪽 끝을 향해 직진했다. 도로를 달릴수록 스치는 주변 숲들이 해를 넘긴 먼 산협의 뭉개진 어둠과 중첩되면서 뭐가 뭔지 구분이 안 되기 시작했다. 어느새 밤기운이 완연하여 열린 차창에 드문드문 별까지 나타났지만 대기는 아직 열풍 그대로 차 내부로 밀려들었다.

핸들을 쥐고 낯선 시골길을 달리자, 며칠 전 아이의 초등학교를 방문하여 담임과 나누었던 대화가 녹취 활자가 되어 또렷이 기억되었다.

"아버님이신가요?"

"집사람이 가보라 해서 왔심더."

"벌써 수차 연락을 드렸는데 이제 오셨네요. 어머니는 너무 바빠 아버님이 대신 오실 거라고, 며칠 전 겨우 답을 들었답니다."

"집사람이… 그렇게 말했습니까?"

아닌가요? 하는 눈빛으로 아이의 여자 담임이 남자를 빤히 쳐다본다.

교무실 한쪽 구석 작은 테이블로 안내하는 그녀는 몹시 바쁜 걸음을 했다. 제대로 대화를 나누어야 하는데 도대체 시간이 없네, 하는 몸짓이다. 그래도 뭔가 할 말은 해야겠다는 억센 기운을 보여준다고 할까, 남자를 쳐다보는 눈길은 이 순간을 벼른 듯 보였다.

자리에 마주하자 담임은, 이런 자리 마련이 사뭇 힘든 듯 잠시 멍해 보였다. 남자는 두 손을 모아 테이블 위로 공손히 올린 채 그녀가 말하기를 기다렸다.

"아이가 변한 것 같지 않나요? 집에서요!"

"아이가예?"

"또 다른 자녀가 있나요?"

"아, 아닙니다…. 집에서는 잘 모르겠던데, 머가 달라졌는지….”

"뛰어요. 틈만 나면요. 벌써 한 달째네요."

"뛴다고요? 교실에서 그럽니까?"

"어디서든요. 교실은 좁아 그런지 복도와 운동장요. 그리고 교문 밖에서도요."

"뛰는 건… 건강에 좋은 거 아닌가예? 복도에서 뛰는 건 좀 아이지만."

담임은 남자의 어설픈 대꾸에 입을 닫고, 어느 암자 법당에 든

불교도처럼 두 손바닥을 마주 사삭사삭 어긋지게 돌리면서 비비기 시작했다. 남자는 그 메마른 소리가 신경 쓰였지만 내색하지 않았다.

"어쩌다 뛴다면야 담임 눈에도, 다른 사람 눈에도 안 띄겠죠. 말 그대로 계속 뜁니다. 쉬는 시간마다 온 복도를 달립니다. 숨이 차도록 뛰어요. 점심시간에도 그렇고, 하교 때 교무실에서 보면 교문 밖 길에서도 그냥 뛰어가요. 날도 더워지는데 벌써 한 달째거든요."

"혹시 우리 아이가… 학교 육상부라도 들어간 거 아입니꺼?"

"육상부는 무슨, 그런 거 없어요 이 학교는. 저야 당연히 아이랑 상담을 했습니다. 근데 전혀 말이 없어요. 왜 그러냐고 계속 물어도요…. 물론 그냥 뛸 수는 있어요. 하지만 아무리 이유를 물어도 묵묵부답입니다. 평소에도 말이 많은 아인 아니지만요. 막무가내 쉬는 시간마다 뛰쳐나가서 뛰고, 또 뛰고…. 점심 급식 마치면 달리러 또 나가요. 심지어 비가 와도 그래요. 그러니 누구든 알게 된 거죠."

남자로서는 모두 처음 듣는 말이다.

"집에선 전혀 모르셨어요? 저는, 집에서 부모님이 틈만 나면 달리라고 시켜 그런가 하는 생각조차 들었거든요. 그래서 정말 궁금해서 오시라 한 건데, 집에 무슨 일이라도 있나요? 아이가 시간만 나면 불에 덴 것처럼 뛰잖아요. 주변 아이들에게 물으니 자신들도 이상하게 생각하고 있다나 뭐래나 해서 더 묻지를 못

해요."

"…아이 엄마도, 그 사실을 알고 있습니꺼?"

"전화로 말씀은 드렸지만 매번 급히 끊었답니다. 너무 바쁘다고 하시면서요. 채 2, 3분도 대화가 안 되죠. 제 생각엔 아이가 뛰는 문제에 별 관심이 없어 보이더군요. 뭐, 뛰기만 한다면야…. 더 큰 문제는 학업 성적이 엄청 떨어지고 있어서요."

"성적 말입니꺼?"

"그래도 4학년 올라올 때 제가 임의로 내준 수학 문제지에서 학급 최상위급이었거든요. 그런데 최근 두어 달 거의 수직 하강이에요. 거의 바닥권이죠. 칠판에 제시한 간단한 수학 문제도 못 맞혀요. 아니 안 맞히는 건지 그냥 멍 때리고 있어요. 모르셨어요? 저가 어머님에게 그 점도 말씀드렸거든요. 늘 서둘러 전화를 끊곤 하셨지만."

남자는 대답하지 못했다. 아이 엄마로부터 그런 이야기는 전혀 들은 바 없다.

"수업 시간에 살펴보면 수업에는 아무 관심도 없어요. 종료 종만 울리면 밖으로 뛰쳐나가려고 그냥 출발 선상에서 초조히 서성대는 아이 같아요. 늘 그래요. 다른 선생님들도 이젠 한마디씩 하세요. 복도에서 너무 뛰어다니니 저 보고 단속 좀 하라고요. 실제 부딪혀 넘어진 아이들도 나왔어요. 그러다가 상대 학생이 크게 다치면 문제가 심각하거든요. 내가 복도를 달리는 걸 강력히 나무라자 이번엔 운동장을 돕니다. 3층 교실에서 운동장까지는 또 뛰어 내려가거든요. 위험하긴 똑같아요. 그 10분 쉬는 짧은 시간에 운동장을 몇 바퀴나 돌고 오는지 얼굴이 허옇게 되어 들어와요. 매번 땀투성이로 헐떡대며 입실하니 무슨 수업 준비나마 하겠어요? 이젠 대화조차 안 되니, 담임이지만 기분이 많이 상하거든요."

그날의 면담 내용을 남자는 아이에게 전혀 말하지 않았다. 아이는 그 학교를 곧 떠나야 한다.

이미 사위가 어두웠으나 키 높은 감나무 한 그루의 마당 집은 찾기 어렵지 않았다.

대로에서 골목 하나 안쪽, 바로 폰에서 검색했던 맵 사진 그대로였다. 대문은 밀 것도 없이 반쯤 열려 있다. 남자는 차 뒷좌석에 실었던 아이의 조그만 이불 보퉁이와 책가방을 끌어내었다. 아이는 자기의 가방보다 이불 보퉁이를 보자 얼굴이 창백해졌다. 남자는 한 손으로 보퉁이를 바투 쥐고 나머지 손으로는 겁에 질린 얼굴의 아이의 뒷목을 손으로 감싸 밀면서 마당으로 들어섰는데, 남자의 손에 닿은 아이의 피부가 너무 차가워 그는 놀랐다.

다 삭은 노파 하나가 마루 위에 한쪽 무릎을 세우고 넘어질 듯 비스듬히 앉아 있다. 가까이 가보니 다가오는 두 사람을 인식이나 하는지 가늠키 어려운 시선이다. 그녀는 뭔가를 계속 씹고 있었는데 정말 입속에 음식이 들었는지 남자는 의심스러웠다. 그냥 되새김질을 무한 반복하는 다 늙은 염소처럼 보였다. 평소 음식을 맥없이 오랫동안 씹던 아이 엄마와 너무 닮아 남자는 뜨악했다.

"저희 왔심더…. 그간 인사도 못 드렸는데, 마 가게 되었심더. 야야 인사드리라, 외할무이다!"

짐들을 노파 옆으로 던지듯 올리면서 남자가 말했는데 아이는 입을 꽉 다문 채 미동도 하지 않았다. 마루와는 거리를 둔 채 꽂힌 듯 서 있다.

환한 마당이 기이해서 남자가 고개를 들어 하늘을 올려다보자 중천에 만월이 떠 있다. 은가루의 월광이 지상에 내리고 있다. 문득 감나무 꼭대기 쪽에서 시원한 바람이 쏴아 하고 내려와 벌써 입추인가 할 만큼 오스스 한기조차 들어, 남자는 바람에 일렁이는 잔가지 소리 가득한 키 높은 감나무를 다시 올려다보았다.

"지송합니다. 그래도 외손 아입니꺼. 아 엄마가 조만간 온다 했으이 그때까지만 부탁드립니더."

노파는 침묵으로 남자를 바라다본다. 얼핏 봐도 이미 백태가 심한 노파인지라 남자는 그녀가 자신을 보고 있는지 아닌지도 계속 헷갈렸다. 한참 뜸을 들여도 노파는 입만 우물댔다.

"그만 가볼랍니다. 건강하시소."

남자는 지폐가 들어있어 보이는 도톰한 봉투 하나를 그녀가 올라앉은 마루에 놓고는 몸을 홱 돌려 마당을 서둘러 걸어 나갔다. 순간 아이가 "아빠아!" 하고 비명을 올렸다. 남자는 아이를 그냥 지나쳤다.

그는 마당을 성큼성큼 벗어나 도로 한쪽에 주차된 차에 서둘러 올라 시동을 걸었다. 차의 엔진음이 밤을 찢자 침침한 골목 안쪽에서 "아빠아아!" 하는 다급한 울부짖음이 뒤따라왔다. 그 비명에서 달아나듯 차는 바닥을 치며 차도로 퉁겨 올랐다. 차가 속도를 올리자 남자의 차 속 거울로 달려오던 아이는 대번에 몸이 작아졌다. 그러다가 후미등 불빛도 아이를 붙들지 못하자 곧 밤의 어둠 속으로 사라졌다. 아이는 따라오지 못했다.

떠난다. 떠나면 되는 거다. 끝인 게다.

차의 가속과 비례하여 휘황한 달빛이 밤의 산야를 시리도록 드러내었다. 남자는 차창 뒤로 밀리는 훤한 밤의 풍광이 비현실적으로 보였다. 반대 차선의 차량조차 전혀 보이지 않는 깡촌의 밤 도로가 너무 생경했기에 그는 상향등을 켰고, 무서운 속도로 차의 하부로 빨려드는 검은 아스팔트에 온 신경을 세웠다. '아빠!' 하고 외치던 소리가 더는 들리지 않았다. 소리 대신 문득 아이의 얼굴이 떠오르는 바람에 남자는 자신도 모르게 두 눈을 질끈 감았다. 그리고 뇌리 사이로 불꽃처럼 명멸하는 토막 난 암송에 매달렸다.

아무것도 보지 않고, 아무것도 듣지 않을 것….

떠나는 거, 끝인 것, 이제 끝이다….

순간 쾅하고 무언가가 차에 부딪혔다. 언뜻 차의 우현으로 아주 작은 황갈색 물체 하나가 튕겨났다. 허공에 떠오른, 사슴과 유사한 들짐승의 무구한 눈빛이 정지화면처럼 그의 시야를 스쳤다. 밤하늘을 올려다보듯, 차량 전조등에 눈알 전체가 하나의 흰색 덩어리로 뭉개진 무언의 눈빛. 목이 꺾이면서 돌처럼 굳은 그쪽 근육 줄기와, 여윈 나뭇가지 같은 뒷다리 두 개가 하늘로 퉁겨 올랐다 곧 사라졌다. 새끼 고라니구나!

차는 마구 요동치면서, 검은 수면처럼 보이는 길 아래 개활지 경계석에 이르러 겨우 급정거했다. 하마터면 길 아래로 처박힐 뻔했다. 헤드라이트 원기둥이 잡초만 무성한 황무지를 사각으로 내리비추고 있다. 그 조명 속으로 수많은 날벌레들이 자욱한 먼지가 되어 금세 가득했다.

남자는 겨우 정신을 차려 차에서 내렸다.

부딪힌 짐승이 아직 살아있을지 모른다는 생각에 차 주변 여기저기를 살펴보았다. 폰 조명을 비추자 핏자국이 차 우측 헤드라이트 범퍼 쪽에 가는 붓으로 뿌린 듯 몇 점 선명했다. 손가락 끝으로 만져보니 혈흔에 온기가 남아 있었고 추돌 때문인지 그 부분 판금이 동전 크기로 들어가 있다. 그런데 아무리 둘러봐도 그 새끼 고라니는 보이지 않는다. 차체 밑으로까지 이리저리 몸을 굽혀 보았지만 아무것도 없다. 분명 골절이라도 되었을 텐데 부딪힌 짐승은 사라지고 없다.

남자는 운전석에 되올라 기어를 후진해서 기울어진 차체를 세웠다. 그때 조수석에 낯익은 모자 하나가 눈에 들었다. 붉은 자수로 NY 알파벳이 새겨진 새까만 모자다. 게다가 그가 아이의 허벅지에 던져준 돈 봉투도 그대로다! 남자는 자신도 모르게 그 모자를 와락 움켜쥐었다. 그러자 대번에 그의 등이 반으로 꺾이면서 '경수야!' 하는 낮은 신음이 목구멍이 아니라 심장 쪽에서 좁은 핏줄을 비집고 올라왔다.
　남자는 때에 절어 반들대는 아이의 찌든 모자에 자신의 얼굴을 부볐다. 모자의 면직 올 사이사이 녹아내린 아이의 땀 냄새가… 몇 년간이지만 자신이 어르고, 안고, 손잡아 키웠던 아이의 살 냄새가 그의 정신을 갈가리 찢었고 육신의 모든 뼈마디를 사정없이 비틀었다.

운전석 문을 미친 듯 열어젖혀 도로 한가운데로 뛰쳐나온 남자는, 자신이 떠나 온 역방향의 끝을 향해 벌건 목줄기가 부풀도록 소리쳐 불렀다.
　"갱수야! 갱수야아! 갱수야아아아…."
　그 허기진 외침은, 눈앞 중첩된 밤의 산 어딘가에 부딪쳤다 낯설게 그에게 돌아왔다.

물속 바람계곡

밤 10시를 향해, 해안 사구 안쪽 휜 길로 자전거를 몰아간다.

좌르르륵 좌르르륵… 휠이 체인에 감기고 풀리는 찰진 소리만 들리는 지금, 이런 밤 자전거 출근길이 석준은 하루 중 가장 맘에 든다. 게다가 오늘은 염분이 엷게 스민 해풍조차 서늘하다.

폭이 비좁고 교행도 불가능한 이 비포장 길에 가끔 사륜 차량들이 이리저리 헤드라이트를 꺾으며 그의 자전거를 소란스레 스쳐 간다. 읍내 집에서부터 바닷가 어촌마을 편의점에 이르는 이 20여 분의 길은, 다행히 경사면이 드물어 그저 다져진 흙길에 몸을 맡기는 심정이면 된다.

자전거 곁을 거의 나란히 달리던 사구가 허리를 사뿐 낮추는 지점에 이르면, 멀리 밤 오징어 줄낚배들의 무수한 야광이 거의 일직선으로 펼쳐진다. 그러다 다시 키 높은 사구가 나타나면 순간 사라졌다가, 곧 그 휘황한 집어등들의 연결막대는 바다가 등으로 밀어 올리듯 붕긋 떠오른다. 이미 하지夏至가 지난 지 한참 된다. 어느새 입추가 코앞이었고 8월 중순이면 그의 편의점 야간 알바도 끝이다.

사물의 이치.
처음에는 편의점 경영상 무슨 중요 포인트라도 되는 말인가 했는데 지금은 그 말이 별 뜻도 없는 점장의 말버릇임을 석준은 알고 있다. 올해 봄 전방 군 복무를 마친 석준은 가을 복학을 앞두고, 여름 한철 이 바닷가 편의점에 야간 알바라도 할 요량으로 면접을 보러 왔었다. 시골이라 그런지 읍내 자신의 집 주변 주간 알바 자리는 전혀 보이지 않았다.
편의점 내 컵라면 정도 놓고 먹는, 조그맣지만 키 높은 원탁 테이블을 마주하고 석준은 점장에게 간단한 면접을 받았는데 그 때 점장이(알고 보니 그는 점주다!) 석준에게 그랬다. 매순간 사물의 이치를 잘 생각하면 요령이 생겨, 어떻게 손님을 대하고 물건들을 정리하고 배치해 나갈지 금방 답이 나온다고 했다.
채용되어 이틀간 무급 현장교육을 받은 뒤 석준은 심야 타임 알바를 시작했다. 이후 점장으로부터 그 사물의 이치라는 말은 제법 들었지만 미처 그 이치를 깨우치기도 전에 이미 석 달이 지나간다. 여름도 이미 끝물이다.

미친 진상들!

세상에 이렇게 좀비 같은 진상들이 더러운 시궁창 속 실지렁이 마냥 소복하다니… 석준은 정말 많이 놀랐다. 안온한 말년 병장 생활 덕분에 세상은 살만하구나 하고, 나름 구축된 긍정적인 마인드는 알바 시작 일주일 만에 훼손되었다.

지불할 돈을 그 좁은 카운터 판에 함부로 던지는 진상 손님들은 너무 흔해서 진상 축에서 석준은 제외했다. 물론 동전들이 바닥에까지 떨어져 몸을 웅크려 하나하나 주워야만 할 때는, 숙인 머리 탓만은 아니게 온 머리로 피가 솟구친다. 어린 것들이 가끔 그런 짓을 할 때면 아직 철이 없네 하고 넘김이 비교적 수월한데, 나이가 제법 된 중장년들이 그럴 경우엔 부푼 얼굴의 핏줄이 모조리 펑펑 터질 지경이었다. 스무세 살 나이지만 석준은 고혈압이 먼 남의 일이 아니구나 싶었다.

　돈을 주고받을 때도 그 방면의 진상은 있다. 석준에게서 멀찌감치 떨어져, 자신들의 팔 관절을 최대한 굽혀 몸쪽으로 당기듯 하면서 '너가 내 돈을 집어갈 수 있나 한번 보자'는 투로 괴롭히는 진상들도 의외로 많았다. 젊은 여자가 그런다면 좀 다른 의도라고 잠시 설렐 수도 있지만, 중늙은이 남자들도 그랬다. 카운터 뒤에서 아무리 석준이 자신의 팔을 최대한 고무줄처럼 늘려도 그들 진상의 돈에 손가락조차 닿지 않을 때, 석준은 계산 중인 물품들을 그들 쪽으로 내던지고 싶었다. 왜 그런지 모른다. 그들 진상들의 깊은 뜻을.

이왕 돈 얘기가 나온 김에 하는 말이지만, 잔돈만 해도 그랬다. 아니 잔돈 문제가 아니다. 물건 구매도 하지 않고, '잔돈 좀 바꿔줘요'하고 불쑥 고액권 지폐를 진상들은 내민다. 석준은 이럴 경우 나노 속도로 상대의 관상을 분석했다. 사람들이 괜히 관상이 과학이라 하겠는가. 그래서 거절했을 경우 얼마나 시비가 험할까도 계측되는 관상에게는 군소리 없이 바꿔주었다. 시비에 휘말리면 그날 정신건강은 완전 씹히고 더러워지기 때문이다.

그렇게 바꿔주면 열이면 아홉, 감사하다는 말조차 없다. 그런데 여기에도 고수 진상은 있다. 만 원 지폐 한 장을 내놓기에 오천 원 두 장으로 바꿔주면, 그때서야 '오천 원짜리 말고요'한다. 그래서 천 원짜리가 필요하나보다 해서 열 장을 세어서 주면, '오천 원은 한 장 포함요'하고 사람을 갖고 논다. 처음부터 어떻게 바꿔주면 좋은지 죽어도 말하지 않는다. 결국 편의점 영업상 여분이 늘 있어야 하는 천 원, 오백 원, 백 원 같은 잔돈을 지키고자 애쓴 석준의 노력은 물거품이 된다. 담배 팔 때도 비슷한 진상들은 오신다.

석준은 근무 첫날부터 진열대의 담배 종류가 그렇게 많을 줄 몰랐다. 전자담배, 국산, 외산별로 잘 진열되어 있었지만 일주일 정도는 정신이 하나도 없었다. 담배 사러 오는 고객처럼 보이면 석준은 자신도 모르게 입속이 바짝 말랐다. 버릇처럼 등 뒤 담배 진열대를 먼저 다급히 되돌아보고 손님을 응대하는 이상한 버릇까지 생겼다. 왜 그런지 모른다. 자신이 생각해도 그 행동은 극히 무의미했다.

"담배 한 갑."

하고는 손님이 말이 없기에 가장 잘나가는 걸 집어서

"자, 라이톱니다."

하고 내밀면

"에쎄 라이트 왜 줘? 던힐이라고!"

한다. 그걸 왜 이제 말하지? 그것도 나이가 어려 보이는 게 반말이다.

"아, 네… 여기."

"6미리 아니네. 초짜야?"

이 단계에 이르면 석준의 인내심이 하얗게 휘발된다. 그래도 참는다. 저 진상과 빨리 헤어지는 게 정답이다. 자칫 말을 섞기 시작하면 그 진상들은 회심의 미소를 보낸 뒤, 그들 등 뒤로 숨긴 고수의 쌍칼을 뽑아 X자로 휘두르기 시작할 게 뻔하다.

"6미리, 여기요."

"어, 세 갑인데. 한 갑이라고 누가 말했는데?"

더 심한 경우는 이미 단종품임을 알면서 달라고 하는 진상이다. 석준이 당황하여 오랫동안 헤매고 못 찾으면 그는 석준을 인간 이하로 째려보면서, '다른 편의점에는 다 있는데 왜 없느냐!'고 타박을 준 뒤, 선행을 베풀 듯 눈앞의 흔한 담배 하나를 손짓해서 손에 넣고 사라진다. 아무래도 이상해서 그가 나간 뒤 석준이 폰으로 인터넷 검색하면, 이미 그 담배는 단종된 지 몇 년이 나 지났다. 담배 박물관에 있다는 설명조차 보게 된다.

진상들은 대개 표정이 너무 자연스러워 멍하니 있다간 당하기 일쑤다. 그렇기에 매 순간 긴장해야 한다. 게다가 오늘의 진상은 어제의 진상과 다르게 발전해 온다. 전 세계적으로 좀비들이 나날이 고도화된 버전으로 출몰하는 이치와 같다.

그런 편의점 진상들의 몸동작은 크게 두 부류였는데, 매우 조용하며 졸린 듯 보이는 부류는 움직임이 우아할 만큼 느린 특징이 있다. 나머지 하나는 방금 회로가 망가져 전류가 실시간 방전되듯 정신없이 통로 사이를 싸돌아다니는 부류다. 느린 진상은 의외로 사고자 하는 물건을 정확히 집어오는 편인 데 반해, 정신없이 뛰어다니는 진상은 결국 석준을 불러 해당 상품을 찾아오게 만든다.

어떤 진상은 워크인 속의 음료수나 커피류를 마구 뒤섞어 엉망으로 방치할 뿐 아니라 온장고, 냉장실, 냉동고 문도 닫지 않기 일쑤다. 시식대에서 음식을 먹고 형편없이 어지럽히고 나가는 초딩 조무래기들은 양반이다. 다른 곳에서 사 온 음식들을 야외 테이블에 허락도 없이 제멋대로 앉아 먹은 후, 음식물 쓰레기들을 마구 쌓아두고 가버리는 중·고딩들을 보면 석준은 모조리 군대에 조기 입영시키고 싶었다. 비록 여학생이라 할지라도.

하긴 어딜 가나 술꾼들이 문젠데, 주로 심야에 출몰하는 술 진상들은 패턴이 대부분 비슷해서 나름 기본 매뉴얼대로 대처하면 되었다. 최선은, 그들이 가능한 행패를 덜 부리고 편의점에서 속히 나가게 만드는 것이다. 물론 경찰을 부르는 것도 그 매뉴얼에 들어있어 실제 석준은 그런 적도 있었다.

"여기 점장을 내가 잘 아는데, 물건 먼저 주라. 카드 깜박하고 왔으니, 바로 가져와 계산하마."

이런 날강도도 제법 있다.

"아뇨. 먼저 가져오시죠."

석준은 그럴수록 무표정 담백하게 대한다. 그게 효과적이다.

"야, 여기 점장 마누라, 아직도 간암 말기로 고생하잖아! 내가 잘 아는 사이라니까!"

이 대목에서 석준은 멈칫한다. 그건 미처 자신이 모르는 일이었지만 곧 정신을 차린다. 점장 와이프의 간암 말기와 지금 그가 내민 왕뚜껑 사발면과 무슨 관계가 있단 말인가?

"가져오시면 됩다."

그 말끝에 중늙은이가 세상 싫은 얼굴로 석준을 신산스레 바라본다. 아미타파… 석준은 어느 이름 없는 산골짜기, 말없이 서 있는 마애불의 표정으로 상대를 그윽이 굽어보았다.

점장은 아직 30대 후반이었는데 이곳 말고도 편의점 한 곳을 같이 운영하고 있다고 했다.

석준이 점장에게 나름 존경심을 가지게 된 게, 그 나이에 요즘과 같은 청년 백수 시대 편의점 두 곳의 실질적 점주가 되기란 쉬운 일이 아니기 때문이다. 그리고 그는 아내가 아파 집에 누워있다고 지나가는 말처럼 한번 말했는데, 그 말을 듣자 그가 왜 하루 종일 바빠하는지 석준은 쉽게 이해되었다. 간암 말기 때문이구나, 석준은 속으로만 짐작했다.

그런데, 오늘 석준이 밤 10시 정시 출근해서 창고로 옷을 갈아입으러 가자 점장이 매우 당황한 얼굴로 뒤쫓아 와서는 석준의 귀에 입을 바싹대고

"김군아, 빨리 카운터로 가! 지금, 바로 가!"

하고 소리죽여 다그쳤다.

"카운터요? 이거 갈아입고요, 갈아입고 가면 안 돼요?"

"바로 가라 했잖아! 빨리 가서 여자 손님 잘 지켜봐!"

"여자 손님요?"

점장은 대답할 겨를이 없다는 듯 석준을 매장으로 밀어냈다. 석준은 근무복 상의에 제대로 팔도 끼우지 못한 채 매장 카운터로 쫓겨나갔다. 얼핏 보니 매장에는 아무도 없어 보인다. 그러다가 벽면 천정의 방범용 긴 가로형 거울을 보니 주류 진열장 앞에 서성이는 긴 머리카락의 여자 모습이 잡혔다. 처음에는 아이인가 했다. 유의해서 보니 아이는 아닌 듯한데 키가 어른치고는 매우 작아 보였다. 그 아이 어른이, 아니 어른 아이는 주류 진열대에서 술을 고르는 눈치다. 순간 석준은 술을 사려는 미성년 청소녀를 대하기 귀찮아서 점장이 자기를 대신 내보냈구나 했다. 참

이상도 하네, 그냥 민증 보여 달라 하면 될 일인데….

여자가 술병을 들고 온다. 소주 세 병이다. 근접해서 보니 여자는 사실 미성년자는 아닌 듯했다. 매우 키가 작고 어려 보였지만, 석 달 전 전방부대에서 제대한 스무세 살 석준의 눈으로 봐도 이미 미성년은 지난 여인이었다. 그래도 점장이 미성년자라 경계한 듯해서 석준은 민증 보여 달라는 말 대신, '미성년 아니시죠?' 하고 간단히 말을 던진다. 여자는 술병 세 개를 올린 채 카드를 내밀고 석준을 올려다봤다. 순간 석준은 잠시 정신이 나갔다. 그녀의 눈빛이 산 사람의 눈빛이 아니었다. 물론 석준은 죽은 자의 눈빛을 본 적은 없다. 그러나, 죽은 자의 눈빛이 있다면 바로 저 여자의 눈빛이란 생각에 석준의 양 턱선으로 소름이 지나갔다. 눈동자는 분명 있지만 그냥 텅 비어 흰자만으로 가득 채워진 듯한 눈. 저건 귀신의 눈이다.

"얼마?"

여자의 차분한 반문에 그는 정신을 차렸다. 무겁게 가라앉은 여자의 탁한 음성은 미성년자가 아님을 증명하고도 남았다. 20대 초는 이미 넘긴 20대 중반? 아님 후반? 여튼 나이대가 대충 잡히자 석준은 군소리 없이 카드를 받고 영수증을 뽑아주었다. 여자는 석준이 건네주는 술병 비닐봉지를 천천히 거머쥐고는 편의점을 무겁게 걸어 나갔다. 스낵과자나 오징어포 같은 안주 구매 없이.

그녀가 사라지고도 한참 지나서야 점장이 창고에서 나왔다.

"미성년자 아니던데요?"

하고 석준이 말했다.

"미성년자? 누가?"

"방금 술 사간 여자 손님요."

"누가 미성년이라 했는데? 그 여자, 서른이 넘었어요 서른이….”

점장이 그녀가 사라진 밖을 예의주시하면서 살았다는 듯 대답했다.

"서른요? 와 대박! 이제 막 스물 지났나 했는데요…. 완전 동안이네, 그 여자!"

"서른셋이다. 내가 알기론….”

"어? 그래요? 근데, 왜 그걸 알고도 그 손님 안 받으셨나요? 골치 아픈 미성년자도 아니잖아요!"

석준은 다시 창고로 걸어가면서 귀신 얼굴을 본 억울한 생각에 소리쳤다. 점장은 그 말에 아무 대답을 하지 않는다. 석준이 창고에서 앞치마까지 두르고 나오자 점장이 그를 눈짓으로 불러 서둘러 인수인계를 했다. 두 사람은 카운터의 포스기 앞에서 상호 정산을 간단히 끝냈다. 잠시 점장은 멍한 표정으로 밖을 살피다가 잽싸게 사라졌다. 늘 '근무 잘해' 하고 건네던 당부 말조차 없다.

지내고 보니 편의점 근무는 진상 손님만 없다면 밤 근무가 최

고였다. 낮도 사실 그러하지만, 진상 손님 중 가장 찐따는 술꾼이다. 술꾼은 아무래도 밤에 많다. 여름, 읍내에서 좀 벗어나긴 했지만 여기 한적한 바다에도 나름 펜션 손님들이 제법 오는 곳이었다. 석준은 그게 신기했다. 백사장도 없고 변변한 바닷가 명소도 없는데 왜 오는지…. 그저 허접한 어촌이다. 방파제 두 개가 각자 반원을 그리면서 만날 듯 마주 오다가 어선 한두 대 지나갈 만한 간격을 두고 멈췄는데, 각 방파제 끝엔 〈철인29호〉인지 〈마징가Z〉인지 그런 로봇 캐릭터 형상의 둔중한 두 등대가 밤바다에 뻐끔뻐끔 조명을 간헐적으로 비추고 있다. 하긴 이런 의외의 풍광이, 번잡한 본격 피서지를 피하려는 어촌 마니아들에게 제법 가볼 만한 곳으로 블로그가 제법 활성화되어 있음을 석준은 최근에 알았다. 자기가 근무하는 편의점을 맵 앱으로 쳐보니 편의점 주변으로 펜션이니, 리조트형 오피스텔, 모텔들이 꽤 나타나서 석준은 신기했다. 그래서 여기에 편의점이 생겼구나… 주민들 상대로만은 전혀 수지타산이 안 맞을 곳이다. 여튼 자신의 집이 있는 읍에서 자전거로 출퇴근이 가능했고, 이 편의점은 뒷마당에 자전거를 체인으로 걸어 보관하기 용이한 공간까지 있어 석준은 이 일터가 마음에 들었었다.

그로부터 며칠 뒤 자정이 가까운 시간에 그 어린 여인이 다시 나타났다. 본격적인 열대야가 시작되자 늦은 시각에도 편의점 입구 양편으로 펼쳐둔 야외 테이블에 술손님들이 진을 자주

친다. 대개 주머니가 얇은 근처 공사장 노동자들이다. 그 어촌을 감싼 동편 언덕 위로 무슨 랜든가 하는 중소규모 놀이동산이 조성되고 있었는데, 규모에 비해서 밤낮으로 엄청난 양의 흙을 퍼내었고 쉼 없이 덤프트럭으로 날랐으며, 그 빛깔 좋은 황토들은 납작한 바지선에 가득 부어져 거짓말처럼 작은 예인선 밧줄에 군소리 없이 끌려 섬 사이로 사라지곤 했다. 한때 그 흙들이 도대체 어디로 가는지 점장에게 물어보자, 잠시 미간을 좁히다가, 녹조가 심한 바다에 퍼붓기 위해 가는 거라고 점장이 말했다.

그날 밤, 그곳 공사장 인력으로 보이는 남자 두 명이 한 시간여 전부터 소주를 대작하면서 성가신 심부름으로 석준을 피곤하게 했다. 외노자는 아니었고 어투상 서울말을 쓰고 있었다.

"라면은 안 돼? 컵라면 말고 냄비로 좀 끓여주는 거 말야, 안 돼?"

그중 머리를 완전히 밀어버린 빡빡머리 하나가 집요하게 채근한다. 기껏 많아봤자 석준보다 서너 살 위 정도 불과한 새까만 얼굴이다. 그 자 앞에 자리 잡은 또 다른 남자는 나이가 좀 들어 보였는데, 그렇다고 삼십 대를 넘어 보이진 않았고, 구레나룻과 턱 아래 수염이 경계 없이 무성하게 연결된 얼굴은 둘 다 마찬가지다.

"안 되는데요. 여긴 식당이 아니라서요."

그러자 구레나룻이 한심하다는 듯

"거, 알바생 마인드가 영 말이 아니네! 점장, 지금 없어?"

하고 퉁겼다.

"안 계신데요."

그 말끝에 빡빡머리가 싱긋 웃기까지 하면서

"우리 여기 장기 단골손님이라고. 여기 공사 얼마나 오래가는지 모르지?"

한다.

"점장님 방침입니다. 직접 조리해드리진 않습니다."

석준은 오징어포와 술병을 그들 테이블에 추가로 올린 뒤 더 이상 대꾸하지 않고 안으로 들어서다가 화들짝 놀랐다. 언제 왔는지 며칠 전의 어린 그 여자가 매장 안에 서 있다. 석준은 전혀 그녀의 등장을 눈치채지 못했었다. 그녀는 이 열대야에 어울리지 않게, 아니 어쩌면 어울리게 상하가 올 인원으로 연결된 그레이 색조의, 누가 봐도 저렴한 얇은 겉옷 하나만 걸치고 있다. 예의 세 병의 소주를 계산하고 그녀는 나갔는데, 의외로 군살 없는 완연한 어린 여인의 몸매를 그 허접하고도 바랜 질감의 겉옷이 전혀 가려주지 못해 석준은 눈이 좀 시렸다. 제멋대로 내려뜨린 긴 머리칼은 이상스레 바닷물 속을 부유하는 매생이류로 보인다. 그녀가 가버린 후 뒷마당 테이블의 두 남자들이 서둘러 계산하러 들어왔다. 남은 술병과 과자를 봉지에 속히 담아 달라 하여 그렇게 해주자 그들은 그녀가 가버린 쪽으로 사라졌다. 5분쯤 뒤에 그 두 명이 다시 편의점에 나타났다.

"방금 그 여자 손님, 여기 자주 와?"

하고 그들 중 보다 젊은 깜상이 말했다.

"누구요?"

"야! 방금 병술 사 간 여자 있잖아?"

"아니요. 처음 보는데요."

"이 동네 사람은 맞아?"

하고 그가 이번엔 석준과 구레나룻을 번갈아 바라본다. 구레나룻은 많이 취했는지 기분이 알딸딸한 표정으로 바로 서 있지 못하고 비틀댄다. 석준이 말을 섞기 싫어서 고개를 돌리자 빡빡머리가

"아 씨팔, 같이 마셔야 되는데… 완존 그런 눈치던데. 바로 따라갔는데 그 새 안 보이다니… 귀신이 잡아갔나?"

둘은 다시 부지런히 사라졌다.

며칠 뒤 여름 밤비가 바닷가 마을 전체로 뜨거운 증기를 피워 올리면서 퍼부었는데, 우의를 걸치고 힘겹게 자전거로 편의점 뒷마당에 도착한 석준은 편의점 홀로부터 싸우는 듯한 날카로운 비명을 들었다. 자전거를 서둘러 고정시키고 가보니, 여자 하나가 점장의 멱살을 쥔 채 편의점 바닥을 뒹굴고 있다. 점장은 정신이 다 달아난 얼굴로 그녀로부터 벗어나려 안간힘이었다.

석준은 붉은 원숭이 얼굴로 변해있는 여자가 바로 그 어린 여인임을 대번에 알아보았다. 옷차림은 오늘도 그대로였다. 그녀에게 다른 옷이란 전혀 없어 보였다. 여자는 술 탓인지 분노 탓

인지 암튼 훅 내뿜는 심한 술 냄새와, 온 얼굴로 핏줄이 부푼 격한 감정적 화학반응 탓인지 입에 게거품까지 거칠게 뿜고 있다. 도대체 어디서 저런 엄청난 힘이 발휘되는지, 가슴께의 옷자락을 단단히 붙잡힌 점장이 중년 남자임에도 숨을 캑캑대면서 여자에게 질질 끌려가고 있다. 석준은 상황파악이 전혀 안 돼 이건 뭐지, 이건 뭐지, 하고 나뒹구는 그 둘의 엉킴 주변에서 우왕좌왕했다.

"나, 그 새끼랑 합의 안 해! 절대 합의해줄 수 없다고! 그 말, 그 말을 전해달라구, 내 말 알아들었어? 야, 야, 내가 누군지 알지? 너는 알잖아? 너 와이프도 우리 집에 같이 놀러 왔잖아! 맞지? 내가 기억한다고. 기억한다 말야!"

"놓고, 놓고 얘기합시다! 이거, 이거 좀 놓고 얘기 하자구요!"

"너도 한패지? 그 자식과 친구잖아? 그러니 내 말 전하라구! 전해 달라구!"

"제, 제수씨… 아, 이, 이 손 좀 놓고, 아아아….”

"내가, 왜, 아이를 포기해야 하는데? 내가 왜 뺏겨야 하는데? 내 아기다! 내가 내 배를 갈라 낳은 내 새끼라구! 봐! 내가, 내 배를 갈라 낳은 거라구!"

여자가 점장의 멱살을 쥐고 흔들던 손 하나를 풀어, 순식간에 자신의 가랑이 사이로 집어넣더니 훌러덩 옷자락을 들어 올린다. 그러자 여자의 흰 뱃살이 드러났다. 상체는 겉옷이 전부였다. 아랫도리에 가녀린 검은 끈 팬티가 걸쳐져 있었는데, 상체엔 브라도 민소매 러닝도 안 보인다. 꼭 보려고 든 건 아니지만 여자의 배꼽 아래로, 긴 지렁이 모양의 수술 봉합 흔적이 세로로 죽 그어진 게 석준의 눈에 잡혔다. 좀 더 집중해서 보니 지렁이보다 지네에 가까웠다. 제왕절개를 했구나… 순간 노련한 이종격투기 파이터 마냥 홱 몸을 뒤집어 그녀는 점장을 간단히 깔아뭉갰다. 점장 배를 올라탄 그녀는 격노했다.

"나, 절대 합의 못 해! 이혼 소송이 어떻게 끝나더라도, 난, 내 아기 안 뺏겨! 절대 못 준다구!"

상상을 초월한 여자의 진상 짓에 석준은 아연했다.

"말, 말 전해줄께요, 이 손, 이 손 좀…, 아아 좀…!"

점장은 상대가 여자라서 제대로 대처를 못 하는지 형편없이 당하고 있다. 석준은 여자보다 점장의 몸에 손을 대기로 한다. 그는 점장의 상체를 끌어당겨 가능한 점장이 제대로 두 발로 서 있게 하려 애썼다. 그런 노력은 했으나 여자가 찰거머리처럼 엄청난 손아귀 힘으로 점장을 그러쥐고 함께 비스듬히 일어서는 경지를 보여주어 석준은 경악했다. 도대체 이 어린 여자의 힘은 어디서 유래하는 걸까? 술 힘인가? 이젠 죽어도 그녀에게 술은 팔지 말아야겠구나. 석준의 눈빛이 새로운 각오로 결연해진다.

"준, 준아, 김군아! 좀 떼어 줘! 너가, 좀! 좀!"

그 말인즉, 점장은 이제 달아나고 싶다는 뜨거운 열망임을 석준은 알아챘다. 사실 밤 10시가 지났으니 멤버 교체가 이치에도 맞다. 사물의 이치. 근무의 법칙. 석준은 괴롭지만 여자의 남은 행패가 자신이 감당해야 할 몫임을 바로 직감한다.

석준의 도움으로 겨우 여자로부터 놓여난 점장은 전광석화처럼 사라졌다. 아니 도망쳤다. 여자도 어이없어했다. 먹이를 놓친 여자가 순간 어리둥절해 하다가 석준의 멱살을 홱 낚아챈다.

"누구야? 넌, 누구냐구!"

석준이 대번에 숨이 막혀 정신이 아득해진다. 그런 석준의 얼굴을 그녀가 매우 근접해서 들여다본다. 둘의 이마 사이에 손가락 하나 들어갈 정도의 공간만 느껴져서 석준은 매우 당황했다. 의외로 여자의 불타는 눈빛이 뭉클하게 석준의 마음을 흔든다. 이런 적이 언제였던가. 여자의 눈을 이토록 가까이 바라본 적이…. 그런 맹랑한 생각의 순간, 여자가 순순히 두 손의 힘을 풀어 석준을 놓아준다. 뭔가 제대로 된 대상이 아닌 걸 알아챈 듯했다.

여자는 분노에 찬 거친 숨소리를 힘들여 삭였고, 그것이 가능해지자 순순히 자리를 털고 일어났다. 하마터면 그런 그녀가 쉽게 일어서도록 석준은 자신의 손을 내밀 뻔했다. 여자는 별 여밀 것도 없는 옷을 여몄고 비틀대는 와중에서도 고개를 숙이고 편의점을 나갔다. 석준은 자신도 모르게 재빨리 뛰어가 편의점 자동출입문을 눌러 열어주었는데, 흡사 그 출입문이란 게 처음부터 안 달린 것마냥 그녀는 사라졌다.

도대체 방금 무슨 일들이 일어난 건가… 점장은? 그 여자는? 석준은 망연히 편의점 앞 도로까지 나가 그녀가 사라진 어둠을 살펴보았다. 갑자기 여름 밤비가 아열대의 열기로 쏟아진다. 이게 빗소리인지, 사정없이 넘쳐 드는 조수 소리인지 헷갈린다. 이 드센 빗속을 여자는 우산도 없이 사라졌다. 석준은 머리가 복잡해졌다.

다음 날 아침, 정확히 6시에 점장이 출근했다. 낮 알바생은 오전 10시가 되어야 온다. 그 사이의 짜투리 시간마다 점장은 줄타기하듯 두 군데 편의점을 오고 간다. 그 오고 감의 틈바구니를 또 쪼개어 읍내 집으로 달려가 병자인 아내까지 돌보는 눈치다. 그런 점장에게 아이가 있는지는 모르겠다. 한 번도 말하지 않았고 석준도 묻지 않았다. 석준은 가능한 상대가 말하지 않으면 묻지 않는 사람이다. 그만큼 타인과는 말을 잘 섞지 않기 때문인지 모른다. 그러나, 그날 아침은 그럴 수 없었다. 지난밤 그 전무후무한 진상 손님을 자신에게 떠넘기고 달아난 자가 바로 점장이었으니. 그래서 석준은 점장이 나타나자마자

"어젯밤, 왜 그런가요? 그 여자 역대급 진상이던데요?"

하고 인사 겸 바로 물었다. 석준의 말에 점장이 고개를 천천히 들어 상대의 두 눈을 빤히 바라본다. 그 시선이 의외로 차갑고 꽂히듯 석준의 두 눈을 거의 30초 이상은 쪼았다. 그렇게 석준을 필요 이상 오랫동안 응시하던 점장은 문득 생각의 회로가 정상화된 것처럼 일을 다시 하면서

"고생 많았겠네… 많이 놀랐겠다."

했다.

"별 고생은 안 했어요."

"그래? 왜?"

"점장님 가시자마자 그 여자, 그냥 조용히 가버리던데요."

"그랬어? 그러면 진상도 아니잖아, 그 여잔."

했다. 석준은 당황했다.

"그, 그런가요?"

그뿐이다. 점장은 입을 다물었고 좀 전과는 전혀 다른 얼굴을 보였으므로 석준은 더 이상 말을 붙이지 않았다. 점장은 나이에 비해 지나치게 조신해 보인다. 그것도 배울 점이라면 배울 점이다.

"여기, 며칠 전 보이던 남잔 어디 갔죠? 지금 그 남자 근무시간 아닌가?"

그녀가 다시 나타났다. 예의 병 소주 세 병을 카운터에 올리고는 석준을 빤히 노려본다. 자정이 다음 날로 막 넘어가는 시각이다. 여자는 어디선가 전작이 있은 듯 혀가 벌써 꼬여 있다.

"누구… 말씀인가요?"

석준은 신중했다. 무슨 화를 또 당할지 모른다.

"그날, 같이 있었던 사람, 몰라? …아 씨팔."

"잘… 기억이 안 나는데요. 이것만 계산하면 되죠?"

"아, 좆같네…. 왜 모른다는 거냐, 왜? 당신도 날 속이는 거지?"

시작하나 보다. 석준은 눈앞이 캄캄해진다. 누구에게라도 맡기고 이 자리를 피해 달아날 수도 없다. 근무 교대는 아직 6시간 뒤의 일이다.

"그럼, 나 저기서 한잔해도 되는 거죠? 저 바깥 테이블 말야!"

하고 그녀가 비틀비틀 걸어 나갔다. 그나마 다행이다. 매장에서 나가주어.

그녀는 테이블 하날 차지하고서 소주병 주둥이를 거꾸로 세워 술을 마시기 시작한다. 카운터의 석준 귀에 그녀가 넘기는 독주 소리가 꿀꺽꿀꺽 들리는 듯했다. 석준은 물끄러미 그녀를 바라보다가 자리에서 몸을 일으켜 컵라면에 더운 물을 부어 나무젓가락과 함께 밖으로 나가 그녀의 테이블에 올려준다.

"소주만 드시면 속 다 버려요. 이 컵라면 함께 드십시오. 서비습니다."

했다.

여자가 말끄러미 석준을 올려다본다. 이미 울고 있는 듯 그녀의 두 눈은 촉촉이 젖은 망연한 눈빛이다.

"남편에게 내 아일 돌려달라고, 그 말 좀, 꼭 전해 달라 해줘요…. 양육비도, 위자료도 다 필요 없다고! 내 아이만 있으면 돼요! 제발 그렇게 전해줘. 그 남잔 내 남편 친구거든. 우리 신혼집들이에 와이프랑 왔다구…. 그래서, 이렇게 부탁하는 거라고!"

그 말을 마치자 여자는 갑자기 자리에서 벌떡 일어났다. 그리고는 술병들을 비닐에 쓸어 담아 비틀비틀 다시 어둠 속을 향해 걸어갔다. 석준은 밤 파도 소리 자욱한 해안보도 한가운데 선 채 그녀가 사라진 어둠을 오랫동안 응시했다.

다음날 새벽 6시가 되자 점장은 바로 나타났다. 한번도 지체되는 법이 없다. 점장은 24시간 온통 두 편의점 돌리는 시침, 분침, 초침으로 뇌주름이 재구조화된 듯했다. 그래서 늘 칼퇴근이 가능한 석준으로서 참 괜찮은 점장을 만난 셈이다. 퇴근 준비를 미리 끝낸 석준은 점장이 출근하자마자 더 이상 참을 수 없는 심정이 되어

"어젯밤, 그 여자 다시 와서 점장님 찾던데요?"

했다.

"술은 안 하고?"

다행히 점장이 대화를 이어준다.

"아뇨. 어디선가 술을 이미 한 듯했어요."

"일부러 날 찾으러 왔다고?"

"술 사러 오긴 했는데, 저 앞 테이블에서 병째 술을 마시다가 갑자기 점장님 어딨냐고 물으면서…."

"그래서?"

"자기 남편에게 꼭 전해달라고…."

"…뭘?"

"위자료, 양육비 다 안 받아도 되니 아이만 돌려달라고, 점장님이 자기 남편에게 대신 꼭 말해달라고 하던데요. 전에도 그런

말 하지 않았나요?"

"자기 남편에게… 내가 그 말들을 전해달라고? 그렇게 말했다고?"

"네. 그렇게 들었습다."

"김군아, 그 여자, 뭔가 이상하다는 생각 안 해봤니?"

"이상하다고요?"

"아, 아니다, 관두자. 그런데 부탁 하나 할게. 혹시 또 그 여자가 술 사러 오면 한번 뒤따라 가보겠니? 잠시 매장문은 닫아도 좋다. 한밤중이면 뭐, 손님도 없을 거 같고…."

"왜요?"

"뭔가 사는 데라도 알아야 남편에게 전해주기라도 할 거 아냐? 최소한 이 부근 어느 모텔, 혹은 펜션이나 오피스텔인지 말이다."

"핸폰 있잖아요? 저 여자랑 남편이랑, 다?"

"내가 알기로 그 친구는 저 여자 번호 다 삭제했다. 게다가 남편은 이미 다른 여자랑 재혼한 지 일 년이 넘었다."

"재혼요? 이혼 소송 중인 것처럼 여자가 악을 쓰던데?"

"다 끝났다. 다 끝난 일이다."

"그럼 남남이잖아요? 친구분, 법적으로 재혼한 거 맞아요?"

"맞다. 이미 법적으로도 그 여잔 남남이다. 그래서… 남편이 아니라 전 남편인 셈이네. 암튼 내가 친구 놈에게 연락하면 그 여자 지인이라도 와서 끌고 가게는 만들겠지."

"친정엔 누가 없나요? 엄마나 남동생요!"

"없다. 그 여잔 고아다. 외딸이었는데 부모는 어릴 때 다 사망해서 처가 자체가 없다더라. 그 여자 친구라도 연락 닿으면 어떻게 찾아와줄지 모르지…."

점장은 그 정도에서 말을 끊었다. 그리고는 서둘러 석준을 매장에서 몰아내었다.

석준은 자전거에 올라 해안 길을 달린다. 먼 수평선으로 검붉게 떠오르는 일출이 무서운 화염의 번짐으로 느껴져 아침부터 그는 숨이 막혔다.

석준은 급히 편의점 문을 잠그고 '잠시 30분간만 문 닫습니다.'하는 팻말을 외부를 향해 내걸고는 황급히 그녀 뒤를 밟아갔다. 여자는 병 소주 세 병이 든 검정비닐 봉지를 가슴에 안고 조신조신 밤의 해변 길을 걸어간다. 새벽 2시가 넘은 듯하다. 오늘 밤은 비교적 늦게 그녀가 나타난 셈이다. 여자는 〈철인29호〉 등대가 우뚝 선 방파제를 지나쳐 그냥 해안 방죽을 따라 걷는다. 그쪽으로는 인적이 드물고 사실 인가도 보이지 않는 외진 방향이다. 석준은 초조해졌다. 편의점에서 제법 멀리 나와버렸다. 등 뒤로 편의점 쪽을 한번 뒤돌아보다가 순식간에 석준이 그녀를 놓친다. 그녀가 어둠 속으로 사라진 것이다. 여자의 흰자만 가득한 두 눈이 갑자기 생각나서 오싹했다.

석준이 폭이 좁은 방죽 위로 성큼 올라 여자의 진행 방향으로

주의 깊게 살피자 방죽 건너 바닷가 정자 쪽으로 그녀가 가고 있다. 정자에 오른 여자는 난간 기둥에 기대어 병술을 바로 마시는 눈치다. 심야에 아무 인적도 불빛도 없는 저런 곳에서 술을 마시다니…. 술을 마시던 여자가 갑자기 크게 울기 시작했다. 그 울음 사이로 '아가야! 아가야!'하는 외침을 밤바다를 보고 토한다. 아마 오늘 밤의 의식이 시작되나 보다. 석준은 혼자 남은 그녀가 꽤 신경이 쓰였지만 더 이상 매장을 비울 수 없었다. 결국 그는 그녀의 거처를 알아내지 못한 채 다시 편의점으로 돌아갔다.

다음날 점장이 출근하자 석준은 그녀의 거처 파악에 실패했다고 보고했다. 한밤중에 뒤 따라는 갔는데 거처로 가지 않고 해안 정자에서 술을 마시기 시작하여 그냥 돌아왔다고 했다. 점장은 아무 말도 하지 않는다. 갑자기 배송 차량이 들어와 둘이 함께 물류들을 창고로 옮기고 배치하느라 족히 20여 분이 지나갔다. 고마웠는지 점장이 석준더러 '아침이라도 먹고 갈래?'하고 물었다. 석준은 '그냥 가겠다'고 했다. 그러자 점장이 석준의 귀에 바싹 자신의 입을 대고는

"석준아… 우리 더 이상 그 여자에 대해선 생각하지 말자. 그래야 돼!"

한다. 순간 말의 어감이 이상해서 점장의 얼굴을 보니 그의 두 눈가가 어느새 붉어져 있다. 석준은 깜짝 놀랐다.

"석준아… 왜 그녀가 이 어촌에 나타났는지 난 모르겠다! 왜

내 편의점에 말이다! 여기가 아님, 어디 갈 데가 없다던? 왜 이 등대 마을에 나타나서 말이다! 자살하려 들면 여기보다 더 나은 곳도 많잖아, 안 그러니?"

"설마요… 점장님!"

"나, 솔직히 미치겠다. 친구 일이지만 괴롭다…."

"아아, 점장님 죄송함다. 앞으로 아무것도 묻지 않을게요."

석준은 진심으로 그런 생각이 들었다. 무슨 사연인지 몰라도 그녀로부터 영업에 큰 방해를 받고 있는 점장이 안쓰러워 보였다.

"혹 다른 시간대는 안 오던? 꼭 밤에만 사러 와?"

"제 타임 땐 그랬어요. 낮 알바한테 한번 물어보시죠. 낮에도 오는지요!"

"이미 물어봤다. 낮에 그런 여자 한 번도 못 봤다더라."

"그럼, 어디 직장에라도 나가나 보죠. 낮엔."

"직장? 그 여자가?"

"아, 아닌가요? 벌어야 살텐데…."

"그 여자, 이미 알콜중독자다. 아무 일도 못 해. 술에 절어 낮 동안은 어디 월세 펜션 방에 죽은 듯 쓰러져 있겠지…."

그는 생각조차 하기 싫은 듯 석준의 등을 두 손으로 밀었다.

일이 터진 건 그로부터 사흘이 지난 밤이었다.

자정이 지날 무렵, 여자는 또 병술을 구입해 사라졌고, 대략 1

시간 뒤쯤 깜상 얼굴의 예의 두 남자가 편의점으로 거칠게 뛰어 들어왔다. 구레나룻가 한쪽 어깨에 수건 같은 것을 덮고 있었는데, 얼핏 봐도 지혈 중인 모양새다. 그를 부축하다시피 데리고 들어온 빡빡머리 남자의 민소매 러닝 여기저기에도 피가 흩어져 있다.

"솜이나, 뭐, 뭐, 밴드 같은 거 없어? 사람이 다쳤어, 넘어져 다쳤다구!"

"밴드요? 일회용 밴드는 있는데요?"

"붕대는? 압박붕대, 그런 거는?"

석준은 무언가 심상치 않음을 직감했다. 두 남자로부터 술 냄새가 진동한다. 구레나룻 어깨를 누르고 있는 수건에 핏물이 제법 넓게 번지고 있다.

"그런 붕대는 없습니다. 읍내 큰 병원 응급실이라도 가야 하는 거 아닌가요?"

진심 걱정이 되어 석준이 말한다. 그러자, 구레나룻이 별 요상한 말을 다 듣는구나 하는, 사나운 표정으로 소리친다.

"병원은 무슨! 야 나가자! 밤길에 자빠져서 다친 건데, 이깟걸루 무슨 병원이고 응급실이야?"

그 서슬에 빡빡머리가

"수, 수건 두 장과 밴드 두통이라도 줘!"

하고 석준을 다그쳤다. 석준은 서둘러 물건들을 가지고 와서 계산하자, 빡빡머리가 현금결제를 한다. 이것들 뭔가 자료를 안 남기려는구나. 석준은 사태를 파악했다.

그 둘이 사라지자마자 석준은 플래시를 챙겨 서둘러 매장문을 걸어 잠갔다. 그리고 자전거를 몰아 밤 해안 길을 내달렸다.

석준이 바닷가 정자에 도착해서 서둘러 올라가 보니 아무도 없다. 플래시로 정자 마룻바닥을 이리저리 비추자 소주병들은 나뒹굴고 있는데 사람은 보이지 않는다. 석준은 심장이 터지는 듯했다. 그때

"다가오지 마! 오면 죽여! 죽일 테다, 모조리!"

하는 여자의 앙칼진 외침이 어둔 밤바다 쪽에서 올라왔다. 불빛을 아래로 그어 내리니 바닷가 바위 사이로 그녀가 언뜻 보였다. 그녀는 네발짐승처럼 몸을 푹 낮추어 험하고 미끄러운 바위 사이를 기다시피 하고 있다. 석준이 빠르게 정자에서 내려가며 소리쳤다.

"괜찮으세요? 편의점 알바생이거든요. 걱정이 돼서 왔어요!"

"오지 마! 죽여 버린다, 죽여 버린다고!"

"저예요! 저 아시잖아요? 오늘도 저에게 술 사가셨잖아요!"

"개새끼들 오지 마! 너네 남자 새끼들, 다 죽여버릴 테다! 나에게 오지 말라고!"

하면서 그녀는 정신없이 바위 사이로 무언가 찾고 있다. 순간 석준의 발에 채여 쨍강하는 금속성 소리가 바위 위를 굴러간다. 석준이 플래시를 비추어 보니 선열이 푸른 빛을 되쏘는 금속성 칼이 눈에 잡힌다. 또 다른 칼인가 싶은 무엇 하나도 부근에 보

였는데, 자세히 보니 그것은 칼을 가두는 칼집인 듯했다. 언젠가 사극 드라마에서 본 듯한 여인네 은장도다.

"찾았지? 내 칼, 너가 찾은 거지?"

여자가 허리를 번쩍 세워 건너편 바위 위에서 소리를 지른다. 아마 그 금속성 소리를 들었나 보다. 석준은 얼른 칼집은 집어 올리면서, 정작 날이 새파란 칼은 바위틈 아래 철썩이는 파도 쪽으로 걷어찼다. 그 칼로 그녀가 자살할지도 모른다는 생각이 뇌리를 쳤기 때문이다. 단도는 물속으로 이내 사라졌다.

"뭔가 발에 밟혔는데, 이거 맞아요?"

석준이 칼집을 들어 플래시를 비추어 보였다. 자세히 보니 그 칼집은 보통 칼집이 아니다. 회오리 문양의 뇌문이 섬세하게 드러난다. 여자가 다가온다. 석준이 그녀의 적수가 되지 못함을 알았는지 암튼 그녀가 바위를 타고 넘어와서는 석준이 건네준 칼집을 홱 낚아챘다.

"칼은? 칼은 어디 갔어? 왜 이것만 주는 거야?"

"모르겠어요! 그것만 보였다구요!"

"정말 그런 거냐? 왜 이것만 있는 거지?"

"괜찮으세요? 무슨 일 있은 거죠? 왜 칼을 찾는데요?"

석준이 플래시 불을 그녀로부터 거두면서 한숨 돌린다.

"그 새끼, 칼 꽂힌 채 가버렸나? 내 칼… 잃어버렸네….''

물이 갑자기 들어오는 바람에, 예의 올인원 잠옷 같은 옷자락이 바닷물에 이리저리 휘감기자 여자가 순간 허우적댄다. 석준이 손을 내밀어 그녀를 잡아주려 했지만 그녀는 응하지 않았다. 그녀는 위태위태 바위를 타고 정자 쪽으로 올라간다. 그녀가 택한 쪽으로 플래시 불빛을 던져주면서 석준이 뒤쫓는다. 정자 계단에 이르러자 여자가 갑자기 홱 방향을 틀어 해안도로 쪽으로 내달렸다.

"따라오지 마! 뒤따라 오믄 너도, 너도, 똑같은 개새끼다!"

석준은 더 이상 뒤따르지 않았다.

다음 날 새벽 점장에게 지난밤 이야기를 석준은 숨김없이 말해주었다. 석준이 말을 마치자 점장은, 할 말은 많지만 무슨 말을 할 수가 없구나 하는 표정으로 그를 무연히 바라만 본다.

내일이면 마지막 근무다. 가을 복학을 위해 이 편의점 알바도 끝이었다. 석준은 갑자기 점장을 위로하고 싶어졌다. 그의 편의점 사업도, 와이프 병도, 친구의 이혼녀 일도 다 잘 되기를 바라면서

"점장님, 고마왔습다! 미리 말하고 싶네여. 사모님도 아프시다는데 쾌유하시고요!"

"내가 고맙지 머…. 이제 복학이네?"

"네. 복학생 아저씨라 학교 가면 아싸에다 은따 되겠죠, 뭐."

"뭔 말이냐?"

"그냥 모바일에 쳐 보심 됩다여, 요즘 아이들 신조언데요. 흐흐흐…."

"됐고, 부럽다. 난 제대로 못 배웠네요. 졸업도 못 하고 고교 중퇴다."

이 대목에서 석준은 서둘러 말머리를 돌렸다. 위로를 준다는 게 비수가 되는 게 아닌가.

"그 여자분도, 부디 아이를 되찾았으면 좋겠어요. 어린아이일수록 생모가 필요한 거 아닌가요?"

그 말에 점장이 석상처럼 자리에 얼어붙는다. 그러다가 느리게 석준을 향해 얼굴을 돌리고는 대화를 처음 배우는 아이처럼 토막토막 끊어가며 힘겹게 말했다.

"석준아… 그 여자에게… 무슨, 아이가, 있니? 세 살 때 죽었다. 2년 전 이맘때 교통사고로, 그 여자 보는 앞에서, 지나가는 택시에 치여… 그래서 미친 거다. 남편에게, 이혼까지 당하고… 그 여자, 어디 사람 꼴이더냐? 물에 빠진 물귀신 꼴이지. 그냥 미쳐서… 전 남편에게, 막무가내, 아이만을 돌려달라는 거다. 아이가 어디 있니? 골분을 산에 뿌릴 때, 나도 같이 갔었다…."

가을학기 동안, 점장의 그 말이 떠오를 때마다 석준은 타고 가던 버스의 차창이나 지하철 손잡이 금속 봉에 머리를 기대고 두 눈을 꼭 감곤 했다.

말하는 여자

남자는 간밤에 들어오지 않았다.
 새벽에 선자는 불이 꺼진 모기향을 바꾸려다 그 밑에 깔아둔 걸레가 모기향 모양 그대로 밤사이 타버린 것을 보았다. 이런 모습은 처음 본다. 선자는 고개를 숙여 자세히 내려다보았다.
 모기향이 꽂혀 있던 모습 그대로 그림자가 내려앉은 듯 메마른 걸레가 원을 그리며 태워져 있다. 중심을 향해 작아지는 그 나선형 원을 따라 가라앉은 재가 소복하다. 그 재를 무심코 훅 불어보니 숨겨둔 길처럼 태워진 자국이 까맣게 드러난다. 걸레 하나 버렸네…. 어젯밤 너무 잠이 쏟아진 탓인지 마른걸레 위에 그냥 모기향 불을 만들어 올려두고 잤나 보다. 그녀는 태워버린 걸레를 방구석에 있는 휴지통에 버렸다.
 어판장에 생선 떼러 가기 전에 선자는 서둘러 다른 걸레를 하나 찾아 물에 좀 적신 뒤 그 위에 새 모기향 불을 붙였다. 새파란 연기가 바로 피어오른다. 짓이겨진 향나무 잎의 진한 냄새가 콧구멍 속으로 들어와 그녀를 아득하게 한다. 자신에게 고향이 있다면 이 향불의 냄새가 아닐까…. 남자는 들어오자마자 바로 잠에 곯아떨어질 것이다. 늘 그랬다. 그는 모기향이 피워져 있지 않으면 길길이 뛴다. 생선 비린내만 해도 죽겠는데 모기떼로 아예 자기를 말려 죽일 셈이냐고 매우 흉하게 굴었다.

고향인가…. 죽기 전 한 번이라도 가보았으면.
그녀가 기억하는 유일한 고향은 큰 가마솥에 향나무 잎을 비좁도록 쑤셔 넣고 찌고 있는 어느 시골 마당의 잔상이다. 굴뚝으로 연기가 솟고 사람들의 잰걸음과 두런대는 말소리가 그 환영 속에 녹아있다. 누가 알려주거나 보여준 그림도 아니다. 선자에게 누가 고향이라는 단어를 말하면 늘 그 기억이 흑백으로 오른다. 그 정도라면 적어도 그녀 나이가 대여섯 살은 되어야 가능한 기억이다. 그 이전도 없고 그 이후에도 고향이나 부모에 대한 기억은 전혀 없다. 고향의 잔상은 단 한 장의 흑백사진처럼 그게 전부였기에 그녀는 향 잎을 찌는 그 마당을 오래 붙들고 있다.

몸뻬 바지에 다리를 집어넣고 우격다짐처럼 나머지 옷을 걸친 뒤 선자는 집을 나섰다.

새벽 골목길을 내려간다. 멀리 눈 아래로 시내 건물들이 서릿빛 안개에 단단히 붙잡힌 꼴로 미동도 없다. 꽤 추운 새벽이다. 서둘러 걷자 차디찬 공기가 수십 개 얼음 파편으로 얼굴을 파고든다. 그런 가속 탓인지 빈속의 창자가 마구 꿀렁댄다. 서둘러 수산물 어판장에 닿아야 오늘 팔 생선을 확보할 수 있다. 오늘 물량으로 다음 날 또 새벽 걸음 하지 않으려면 제법 많은 선어를 받아와야 한다. 그녀는 산복도로 골목길을 서둘러 내려갔다.

생선을 받아 집 옥상에 풀어놓고 보니 벌써 정오에 가깝다.
오늘 받아 온 생선은 제수용이 절반을 넘는다. 닷새 뒤면 구정이다. 그녀에게도 비싸 보인 참조기까지 구매했다. 부세나 민어, 참돔과 옥돔이 대부분이었는데, 손님에 따라 제사에도 찾는 적어와 병어까지 좀 욕심을 내었다. 어판장 주변에 상주한 밴을 잡아 집까지 실어서 오니 그 비용도 상당했다. 일반 택시로는 엄두도 낼 수 없다. 기사들이 코를 막고 아예 탑승을 거부했다.
지금 집 옥상은 그나마 수전이 있어 작업이 용이하다. 옛날 단층 다세대 셋집에는 가운데 공동마당이 있어 그곳에서 작업을 하다가 공동 입주민들의 항의가 심해 장소를 옮겨 거실 화장실에 쪼그려 앉아 손질했다. 그러자 아무리 조심해도 화장실 바닥 구멍이 막히고 비린내가 가시지 않아, 다 낡았지만 옥상에 수전이 설치된 단독 집을 그녀 혼자 힘겹게 장만해서 이사한 터였다.
그녀는 옥상에 차양막을 치고 그 아래 건조대를 세운다. 바람이 산복도로라 그런지 다행스럽게 늘 선선하게 불어준다. 그만하면 나무랄 데 없는 건조장이다. 서둘러 여러 큰 고무 다라이에 물을 받아 얼음조각과 함께 그 생선들을 일단 담근 뒤 그녀는 옥상을 내려갔다.

너무 목이 말라 부엌에서 물을 마시고 방에 가보니 어느 틈엔가 남자가 들어와 방바닥에 널브러져 자고 있다. 선자는, 길쭉한 허리를 구부리고 벽 쪽으로 돌아누워 자는 남자의 울퉁불퉁 드러난 등뼈를 물끄러미 내려다본다.

이 남자 참 좋아했는데…. 잠든 남자의 얼굴을 더 가까이 가서 보니 의외로 아기 같다. 한쪽 입술을 허전하게 벌린 채 쌕쌕 깊이 잠들어 있다. 두 손 열 손가락들이 방바닥의 어딘가를 향하듯 가지런히 뻗어있고 내려진 속눈썹이 깃털마냥 고요하다. 그랬었지. 바로 저 모습에 그를 받아주었지…. 일 년 전, 그러니까 선자가 이혼한 지 이 년 만의 첫 남자였다.

선자는 남자와 처음 포차에서 술을 마신 날 밤을 또렷이 기억한다. 제법 술을 마시던 남자가 보기보다 술에 힘이 부쳤는지 선자 어깨에 기대어 그만 스르르 잠들었다. 잠든 남자를 한참이나 내려다보던 선자는 그 잠든 모습이 너무 맘에 들어 설레었다. 남자는 몸만 커버린 아기였다. 시장 상인 대상으로 여러 잡화를 자전거로 팔러 다니는 세 살 연상의 남자였다. 이윽고 잠에서 깬 남자가 그녀의 집에 가고 싶다고, 반쯤 눈꺼풀이 내려온 강아지 표정으로 옹알이하는 바람에 선자는 남자를 자신의 산복도로 집

말하는 여자 73

으로 데려갔었다.

저 남자를 사랑했었구나…. 선자는 그 남자와의 사랑에 대해 좀 더 생각에 잠긴다. 정말 처음 만난 열흘 정도의 기억만 전부다. 입맞춤의 기억은 너무 먼 이야기다. 그때는 그저 안겨만 있어도 좋았다. 지금의 그녀는 단순히 남자 품에만 안겨 아무 생각 없이 오래 잠드는 게 소원일 정도다.

그러나 이 남자도 전남편과 크게 다르지 않았다. 가끔의 성관계가 너무 남자 일방으로 찰나적으로 격했고, 사정이 끝나면 남자는 별안간 본정신이 돌아왔는지 발끝으로 선자를 이불 밖으로 밀어내기까지 했다. 선자가 생각해도 너무 이상한 성관계다. 자신은 그냥 무슨 도구에 불과한 기분이 들었다. 매번 그랬다. 그녀는 이불 끝으로 밀려나 모로 누운 자세 그대로 굳은 채 생각에 잠기곤 했다. 뭔가 여자로서 매력이 많이 부족하나 보다. 못생겼고 생선 비린내까지 심한 자신에게 문제가 있다고 그녀는 반성한 적도 있다. 그런데 지금 그녀의 눈빛은 다르다. 저 인간 헐벗은 늙은 개 같구나…. 잠든 남자를 응시하자니 선자의 심장이 부드럽지 못하게 울리기 시작한다. 이건 위험한 징조다. 욱죄어 오는 가슴을 다잡듯 그녀는 남자로부터 고개를 홱 돌렸다. 바보같이 아직 대문 비번을 안 바꾸다니!

남자가 잠든 방에 모기향이 아직 자욱하다. 남자가 일어날 때 모기향이 남아 있을지 모르겠다. 걸레에 수분이 촉촉했는지 이번엔 탄 흔적은 보이지 않는다. 남자는 자기가 일어났을 때 모기향이 남아 있지 않으면 분노한다. 종이 곽에 든 그 모기향은 요즘 약국에서도 잘 팔지 않아, 생선 받으러 가는 자갈치 시장통 슈퍼마켓에 가야 겨우 구입이 가능했다. 구입해서 보니 옛날 모기향과는 어딘지 향과 색도 다르다. 사람들이 다양한 색으로 머리를 염색하듯 모기향도 여러 색으로 나오고 있다.

그 색다른 모기향을 태워보니 냄새 역시 달랐다. 옛날, 자신이 지냈던 보육원에서 밤마다 피워주던 모기향과도 많이 다른 어떤 화공물질이 타는 칼칼한 냄새였다. 적어도 선자의 코는 그렇게 말했다. 방금 보육원으로 생각이 미치자 선자는 자신도 모르게 손으로 입을 가렸다.

"왜 떠드니? 떠들지를 말라고!"

어느새 효자손 막대가 선자의 입을 가격한다. 얻어맞은 선자는 두 손으로 입을 막고 나뒹군다. 그녀의 얇은 입술은 어린 치아 보호에 별 도움이 못 되는 덮개였다. 효자손과 이빨이 바로 맞부딪쳐 따닥닥 소리가 선명했다, 순간 선자의 입술에 피가 비친다.

"내, 떠들지 말라 했지? 그런 말 했니 안 했니?"

서울말을 쓰는 늙은 여 사감은 낮이고 밤이고 말소리를 내는 아이들 입을 그 효자손 나무막대로 정확히 가격했다. 멀리서부터 조준을 하고 오느라 효자손 막대가 여 사감의 손에 쥔 채 상하로 나부끼며 다가왔는데 대부분 아이들은 바로 보고 소스라치며 달아났다. 눈치가 느린 선자는 매번 떠든 적도 없이, 그 자리에서 바로 달아나지 못한 이유로 입술이 터지고 피를 흘렸다.

선자는 남자 머리맡에 새 모기향을 갈아 끼우다가 무슨 신내림처럼 흰 이불보를 찾아내어 남자의 머리부터 발끝까지 홱 펼쳐 덮었다. 지금 자신이 뭘 하는지 그녀는 아무 자각을 못 했다. 몽유의 꿈속이 아닐까… 모기향도 덤으로 여러 개 방바닥에 동시에 세워 올리 불을 댕겼다. 잿빛 연기가 여기저기 장엄한 제향처럼 좁은 방에 차오른다. 분향소 같구나. 그 방에 한참 우두커니 서 있던 그녀는 부엌으로 건너가 밥 위에 김치와 고추장을 얹어 대충 비벼 먹었다. 간단히 요기를 마친 그녀는 생선들을 살피러 옥상으로 올라갔다.

생선 머리는 단칼에 잘라야 한다. 여간 뼈가 억세지 않다. 그녀는 큰 쇠칼을 쓱쓱 숫돌에 간 뒤, 아가미 속 억센 울대뼈를 쥐고 생선 머리를 힘주어 자른다. 큰 칼을 잡은 김에 다른 생선들도 동일하게 머리를 날린다.

그녀의 상품은 죄다 반건조 생선이다. 집에서의 작업 시간은 길지만 막상 시장에서 전을 펼치면 일거리가 없는 장점이 있다. 그냥 팔면 된다. 떨이에도 팔지 못한 생선은 잘만하면 이삼일 더 선보일 수 있다. 그만큼 생물이나 해동어를 잡고 시장에서 악전고투 할 일은 없다. 처음엔 생물을 취급해서 손님들 앞에서 비늘도 떨고 생선 피를 좌판에 칠갑하다가, 좌판 자리를 허락한 돼지국밥 가게 주인으로부터 쫓겨났다. 그런 작업은 최소 자기 자리가 확보된 상인이라야 가능함을 그녀는 미처 몰랐다. 암튼 선자는 이 반건조 생선만을 취급한 지가 이 년이 다 되어간다. 그 일은 그녀에게 맞는 옷처럼 적절했다. 하고 보니 자기가 가장 잘하는 분야여서 그녀는 평생 반건조 생선을 팔면 되겠구나 하는 요령이 생겼다.

낮은 엉덩이 의자를 깔고 앉아 그녀는 머리가 잘려나간 생선들을 앞뒤로 돌려가며 꼼꼼히 비늘을 쳐낸 뒤, 이번에는 폭이 좁고 긴 칼로 바꿔 쥐고 생선 뱃살을 항문 쪽에서 머리 쪽으로 단숨에 죽 그어 내장이 간단히 드러나게 했다. 그 과정에서는 칼끝이 생선살이나 가시, 뼈를 찌르지 않게 조심하면 된다. 대부분 내장은 붙어있는 근막의 끈들이 연해서 쉽게 절단된다. 문제는 아가미다. 아가미는 생선들이 아래턱과 척추에 걸쳐 죄다 억센 뼈로 붙어있어 순서대로 칼을 넣지 않으면 너덜너덜해지기 쉽다. 배지느러미 속으로 칼날을 넣고 가슴살로 진입해서 울대뼈가 끝나는 부위까지 칼로 죽 그은 뒤, 피가 흥건한 아가미를 잡아 꼬리 쪽으로 단숨에 당겨주면 된다. 이후는 햇볕과 바람이 도맡아준다.

그 생선 칼들로, 남자가 집으로까지 끌고 들어온 어린 여자 하나를 선자가 몰아낸 적이 있다. 반년 전 일인데 아마 그날 이후 선자는 확실히 망가졌는지 모른다. 물론 그녀 몸은 그 일이 어떤 계기의 출발임을 그녀에게 정확히 고지하진 않았다.

그날 일은 이러했다. 생선을 떨이로 팔고 가벼운 마음으로 밤에 귀가한 그녀는 숨이 멎었다. 남자가 방안에서 낯선 여자랑 둘 다 거의 벌거벗은 채 드러누워 TV를 보고 있었다. 꽂힌 듯 서 있는 선자에게 남자가 '친구가 왔는데 밥을 해 달라'고 했다. 그리고는 일어나 재수가 없다는 듯 선자의 면전에서 열린 방문을 안에서 당겨 쾅 닫아버린다.

선자는 그 순간 머리가 잘 안 돌아가 일단 밥을 안치고 냉장고에 보관한 생선을 꺼내었다. 매운탕을 할까 구이로 할까 갈피를 못 잡는다. 왜 그런지 그 망설임은 과하게 시간을 잡아먹는다. 그녀는 이미 넋이 나갔다. 그때 어린 여자가 방문을 빼꼼이 열었고, 선자를 보자 웃음인지 비웃음인지 애매한 미소를 흘리며 거실 화장실로 들어갔다. 선자는 싱크대 서랍에 모아둔 서너 개의 칼을 끄집어내 여러 칼날에 재빨리 비린내 물씬한 시뻘건 생선 피를 묻혔다.

화장실에서 나오는 여자를 선자가 눈짓으로 불렀다. 부엌 싱크대로 여자가 '왜 그러시나요?' 하는 환한 얼굴로 다가온다.

"니는 어느 칼이 맘에 드는데?"

선자는 피칠갑이 된 칼들을 두 손으로 펼쳐 여자 면상에 확 들이밀었다. 여자가 대번에 아악! 하고 비명을 지른다. 남자가 뛰쳐나왔지만 선자는 돌아선 채 생선을 마저 장만했다. 방으로 되돌아간 여자가 옷을 후다닥 걸친 뒤 자기 가방을 낚아채고는 부리나케 달아났다. 그날 이후 선자는 남자에게 그나마 남아 있던 뭔가가 뭉툭 끊겨 나갔다. 선자의 심장이 미친 듯 뛰기 시작했고 그 치미는 힘이 머리를 너무 뒤흔들어 그녀는 입을 다물 수 없었다. 뭔가 목구멍까지 이물질이 가득 치밀어 올랐다.

다음은 세척이다. 그녀는 이 작업을 매우 중요시한다. 그녀의 단골들이, '어떻게 장만했기에 생선을 찌거나 굽거나 했을 때 그렇게 맛있는지'를 자주 질문했다. 그녀는 자신이 세척에 얼마나 신경 쓰는지는 말하지 못했다. 그냥 무조건 싱싱한 생선을 받아와서 그렇다고 무덤덤 대답한다. 그러면 다 고개를 끄덕이고 이해한 듯 웃어준다. 그녀는 이 일을 처음 배울 때 피 빼기와 생선 표면의 미끌대는 진액 제거가 얼마나 중요한지 순영 언니에게 배운 바 있다. 보육원에서 만난 언니라 친언니는 아닌데 지금 이 세상에 없다. 갑자기 퍼진 자궁암으로 삼 년 전에 죽었다. 아이를 살리고 간 셈인데 그녀 남편은 재혼해서 잘살고 있다.

옥상에서 내려온 선자는 남자를 위해 매운탕을 준비했다. 남자가 일어날 시간이다. 오늘따라 생물 상태가 좋은 우럭을 몇 마리 샀는데 씨알은 다소 작았으나 여러 마리 함께 끓이면 그래도 상당히 달큰한 맛을 낸다. 정말이지 남자를 생각하고 산 우럭은 아니었기에 선자는 기분이 많이 이상했다.

억센 우럭의 비늘을 쓸자 옷소매까지 마구 튀었다. 내장과 쓸

개를 칼로 힘주어 제거한 뒤, 특히 굵게 뾰족한 우럭의 등가시, 가슴과 배지느러미들을 가위로 싹둑싹둑 잘라내었다. 그다음 무를 두껍지 않게, 나박 형태지만 그것보다는 많이 얇게 썬 뒤 맑은 물을 받은 양손잡이 냄비 바닥에 깔고 손질된 우럭을 눕혔다. 그녀는 고집처럼 매번 지리에 가깝게 매운탕을 끓인다. 맑은 듯 얼큰한 맛이 동시에 살아나 그렇다. 오로지 중간 굵기의 소금 조금과 국간장만으로 간을 하고 잡내를 없애기 위해 소주를 작은 한 숟가락 정도 부은 뒤 중불로 일차 끓인다.

된장이나 고추장, 시중에서 파는 육수류를 그녀는 넣지 않는다. 그러면 뭔가 맛이 탁해지고 깔끔하지 못했다. 그녀는 파를 어슷하게 썬 뒤 양파와 청양고추를 썰어 도마 끝에 모아둔다. 이젠 기다리면 된다. 남자가 깰 때까지. 그는 일어나자마자 밥상이 차려져야 직성이 풀리는 남자라서, 매운탕을 재가열할 때 다진 마늘과 고춧가루, 준비된 파와 양파, 청양고추만 그때 투척하면 끝이다.

남자가 언제 깰까 하는 기다림이 길어질수록 선자의 심장이 불규칙하게 다시 뛰기 시작한다. 심장이 북소리를 내기 시작하면 그녀는 얼굴부터 열이 올랐고 머리가 아프다. 옥상에 올라가 시시각각 생선을 손봐야 한다는 조바심 때문만은 아니다. 그녀는 요 몇 달 사이 느닷없이 뛰는 심장의 요동으로 늘 입술이 바싹 타들어 갔고 두 눈의 시야도 좁혀지면서 아주 침침해졌다.

부엌 탁자 위에 너무 아픈 머리를 좀 기댄다는 기분으로 눕혔는데 깜박 잠이 들었나 보다. 어디선가 세찬 물소리가 들려 그녀는 정신을 차린다. 화장실 문짝을 다 열어두고 남자가 아래 속옷을 훌렁 내린 채 변기 앞에 몸을 좌우로 흔들며 소변을 보고 있다. 아랫 속옷들이 종아리께에 삐딱하게 걸렸는데, 드러난 희멀건 중년 남자의 엉덩이가 의외로 너무 커 선자는 깜짝 놀랐다. 같이 동거한 지 일 년이 지났는데 기이하게 자신이 남자의 몸을 제대로 본 적이 없구나 했다. 더구나 엉덩이를 제대로 본 건 처음이다. 몸이 마른 남잔데 드러난 엉덩이가 너무 펑퍼짐하고 넓어 그녀는 매우 낯선 기분에, 왜 저 짐승이 저기에 버티고 서서 소란스레 소변을 갈기고 있을까 하는 의아심조차 들었다. 아마 천지사방 오줌은 다 튀었으리라. 그런 남자가 세면대로 가지 않고 그대로 나온다. 늘 그랬다. 그녀는 그 남자가 언제 세수하고 양치하며 머리를 감는지 도통 알지 못했다. 그녀는 한 번도 남자에게 그런 것을 부탁하거나 요구하지 않았다. 그건 어른이면 알아서 할 일이다.

"니, 내를 직일라 켔나? 염하는 보자기는 오데서 찾았는데? 마이 웃기네. 모기향 여러 개 피워 둔다고 내가 팍 죽을 사람으로 보이더나?"

선자는 깜짝 놀랐다. 그게 무슨 소린가 했다. 열린 방안을 들여다보니 잿빛 모기향이 가득하다. 선자는 비로소 자신이 무슨 짓을 했는지 기억이 났다.

"아이다. 당신이 모기를 너무 싫어해서 그란 거다. 그래서 큰 보자기로 몸도 덮은 기고….."

그 말이 과장된 것은 아니다. 죽이려 들었다면 굳이 모기향 받침들을 쓸 필요도 없다. 받침대 없이 종이나 비닐장판 바닥에 모기향 불을 그대로 놓고 붙이면, 그를 태워버리기 그리 어렵지 않음을 선자는 오늘 아침에 학습한 바다. 물론 그런 생각이 전혀 없지는 않았다.

"밥 주라! 두 번 다시 그런 짓 하든 직일끼다. 내 목 안이 다 탔는지 말이 아이다, 지금!"

비틀비틀 탁자로 다가서면서 남자가 말한다. 선자는 발딱 자리에서 일어나 재빠르게 밥상을 차린다. 썰어둔 야채를 투입한 뒤 매운탕을 다시 가열해두고 나머지 밥과 찬들을 이것저것 챙겨 식탁을 채웠다. 남자는 멀건 눈을 하고 뜻 없이 세상을 보고 있다. 간까지 본 매운탕까지 올려주고 그녀는 몸을 돌려 주방에서 나간다.

"마실 물은 안 주나?"

남자의 일갈에 선자는 화들짝 놀랐다. 그 눈알이 아직 살아있나 보다. 그래서 늘 조심했는데 내가 또 실수를 했네.

"그래서 니는 머리가 모자란 기라! 우째 늘 차리는 밥상에 물잔은 와 항상 **빠지는데**, 이 벅수야!"

오물을 덮어쓴 기분에 선자는 서둘러 물을 탁자에 올려주고 옥상으로 올라간다. 굳이 살펴야 할 생선이 없더라도 남자와 같은 공간에 있기엔 숨쉬기조차 힘들었다.

"어제 니, 가게 주인아저씨 보고, 무신 안 좋은 소리 했더나?"
그날 오후 선자가 저녁 장사를 위해 자기 자리에서 좌판을 설치하자, 옆에서 역시 좌판을 펴고 콩나물과 집 된장을 파는 기장댁이 몸을 바싹 붙여오며 말을 건넨다. 집에서 직접 키운 콩나물과 만든 된장을 가져와 파는데 의외로 장사가 잘되는 눈치다. 공장에서 대량생산 되는 것에 비해 맛이 천지 차이다. 선자가 보기에도 콩나물이 실하고 윤기도 좋다. 된장도 선자가 집에서 끓여 먹어보니 왜 기장댁에게 손님들이 모이는지 이해가 되었다.
"무신 말인데예?"
"동상, 들어봐라. 니가 자기한테 험한 말하고 갔다고 하더라. 도대체 주인아저씨한테 무신 소릴 했는데?"
"밸 소리 안 했는데에."
"니, 주인아저씨한테 앞으로 말조심하라고 했다매?"
"그캅디까?"
"아이란 말이가? 그렇게 내는 들었다. 증말 그켓나?"
"아입니더. 두 달 전에 왜 내보고, 사람이 못 배웠으면 무식한 티라도 내지 말라고 했는지, 가서 한번 물어본 기라예."
"머시라?"
"내가 그카니까 아무 말 안 합디다. 내가 사과하라고 하니까 눈만 말똥말똥 뜨고 있기에, 다시는 그런 말 나한테 하믄 안된다고 했심더. 그게 전부라예."

"니 그기, 그기, 증말이가?"

"맞아예. 내가 사과를 지대로 받았는지는 모르겠지만…."

"니, 그라다가 이 좌판 걷어라 카믄 우짤라 그라노? 우리 둘이 겨우 이 채소가게 옆 구석에 허락받아 장살 하고 안 사나! 입에 풀칠 안 할라 카나! 딴 데 또 옮길끼가?"

"자릿값 준다 아입니꺼."

"그기 문제가? 당장 나가라 카믄 나가야 된다 아인가베? 앞으로는 주인아저씨한테 겁 없이 대들지 말그라이. 안주인도 입하나 뻥긋 못하고 사는 거 눈에 안 비이더나?"

"나보고 나가라 캅디까?"

"아, 아이다. 그건 내 생각이고…. 그나저나 동상, 와 두 달 전에 한 말을 인자 따지고 그라는데? 섭했으믄 그때 바로 말하지 그라노?"

"잘 몰랐는 기라예. 그게 나를 욕하는 말인 줄…. 인자서야 하나둘 생각이 나더만. 그 말들이 내를 욕한 말이라는 거."

"아이고… 니, 또 달포 전에는 시장 관리사무실에 가서 디빈 것 기억난다만, 요새 니, 와 그라노?"

"그거 디빈 거 아이라예. 내를 보고, 질 나쁜 인간이라 케서 사과받으러 간 기라예."

"동상 관리비가 마이 밀리서 그런 거 아이가? 몇 달 밀렸다매?"

"꼴랑 한 달이라예. 예까지 찾아와, 와 관리비 안주냐고 하믄서, 내를 아주 질이 나쁜 사람이라 안 캅니까. 너무 바빠서 그달치 못 준 건데…."
"그, 그런 거로 달포나 지나서 따짔더나? 무서븐 아줌마네!"
"갑자기 생각이 나서 간 거라예. 달포 전에는 내가 무신 소리 들었는지 잘 생각을 몬 했고예."
선자는 더 이상 기장댁에게 신경 쓰지 않고 입을 굳게 닫고는 준비한 생선들을 좌판에 보기 좋게 배치했다.

그녀는 그 심장의 격고가 그녀를 언제 어떻게 조종해서 집밖으로 나서게 하는지 정확히 알지 못했다. 느닷없이 쿵쾅대는 가슴은 그녀를 벌건 열기에 휩싸이게 했고, 엄청난 두통이 저벅저벅 자갈밭을 밟으며 그녀를 옥죄기 때문에 그냥 뛰쳐나갔다. 기억이, 과거 자신을 쏜 화살의 정확한 출발점을 향해 그녀는 움직였을 뿐이다. 가슴이 뽀개졌기에 그녀는 자기 몸이 지령하는 바에 전력투구했다. 신기하게도 한바탕 그런 규명의 질문을 퍼붓고 돌아오면 자신은 상당 기간 안정과 고요를 유지할 수 있었다.
시야가 선명해진다고 할까, 호흡도 체열도 본연으로 자리 잡는다. 그런 효험은 고혈압약이나 안정제 주사도 못 해준 보살핌이다. 하지만 선자로서는 그런 심신의 순환을 미처 헤아리지 못했다. 그러기에는 그녀가 해야 할 일이 너무 많았고, 늘 시간의 틈바구니에 몸은 종이처럼 납작해졌다. 게다가 그 북소리는 갈수록 옛 기억을 자주 개별 소환했기에 선자는 부지불식 너무 힘들었다. 어떤 효험의 자각보다, 언제 진군해올지 모를 북소리에 재무장해야 했기에 얼굴은 피폐해졌다.

그런데 오늘 한 소리 해준 기장댁이 아직 모르는 게 있다. 이혼한 옛 남편 가게를 향해, 먼지처럼 떠오른 나쁜 말의 기억들을 따지러 선자가 이미 넉 달 전에 찾아간 사실을.

이 년 전 이혼한 그녀의 옛 남편은 영도 남항동에서 중간 규모의 슈퍼마켓을 하고 있다. 시누도 같이 일을 거들고 있어 결과적으로 한꺼번에 따질 수 있기에 그나마 다행스러웠다. 선자가 지하철과 버스를 번갈아 타고 영도다리를 건너 그 슈퍼마켓에 도착하니 휴일 오후라 한가해 보였다. 손님이 별로 없다. 선자가 들어서자 계산대에서 고개로 들지 않고 '어서 오이소.' 하는 옛 남편의 건조한 인사말이 들린다. 선자는 천천히 계산대로 다가갔다. 옛 남편의 재혼 소식은 이미 오래전 들었다. 남자는 다가선 선자를 보자 화들짝 놀라 입을 벌린 채 그녀를 아득하게 바라본다.

"…니, 니 무신 일이고? 와 왔는데?"

"몇 가지 물어볼라꼬."

"뭐라꼬?"

"몇 가지 물어보고 가믄 된다."

"요 앞에 커피숍 있다. 거기 가 있거라."

"필요 없다. 잠시믄 된다 안 카나!"

선자가 소리를 높이자 옛 남편이 놀란다. 한 번도 선자가 자기에게 큰소리 낸 적이 없었기 때문이다. 심지어 합의 이혼조차 얼마나 조용히 처리되었는가.

"이 년 전에 내보고 정신 나간 가시나라 했는데, 와 그말했는데? 내가 어디가 정신이 나갔더노?"

"그, 그기 무신 소리고?"

"내 때문에 아아 못 가지는 게 아니라고 내가 말하니까, 니가 그때 그랬다. 삼 년 전 여름이다! 이혼한 8월에 말다! 너거 엄마도 그랬다. 내만 보믄 아아도 못 가지는 빙신이라고 욕했다! 니는 내한테 사과해야 한다!"

"그, 그 말 할라꼬 온 기가 지금? 니 진짜 빙신 맞는가베!"

"니, 지금도 같은 말 하는 거 알고 있나? 내 너거 말 듣고 이혼까지 해줬는데, 뒤에 병원에 재차 가서 알아보이 의사가 아이라 카더라. 바로 니가 빙신인지는 모르겠지만, 내는 아아를 가질 수 있다 카더라. 그래서 니 그때 한 말, 정식으로 사과 받을라꼬 왔다. 사과하거라. 퍼뜩!"

진열대 뒤쪽에서 옛 시누 비슷한 얼굴이 보이다가 선자를 알아봤는지 그 물체가 바로 달려온다. 사태를 즉각 요해한 시누가 선자를 홱 잡아끌었다.

"이기 누고? 새 올케가 곧 나올낀데, 여기가 오데라꼬 와서 이카나? 니 이미 이혼한 주제에 미친 거 아이가? 나가라! 여기는

말하는 여자

손님들 물건 사러 오는 매장인기라! 친정도 하나 없는 고아를 받아준 기 누군데 그라노? 아아도 못 낳고 돈 벌 생각도 안 하는 니가, 뭐 하나 잘한 기 있었노?"

그 말에 선자의 눈빛이 새파랗게 튄다. 선자는 시누의 두 팔을 단칼로 쳐내듯 떨쳤다. 선자의 놀라운 팔 힘에 시누가 나가떨어진다. 바닥에 내동댕이쳐진 시누를 내려다보고 선자가 벼락처럼 소리친다.

"또 때릴라꼬? 그때 시누, 니한테도 내 마이 맞았다. 니도 사과해라! 시누 니까지 내를 무시하고 때렸다. 돈도 안 벌고 집구석에만 있다 하믄서… 니도, 저 인간도, 죽은 니네 엄마도 나를 사람 취급 안 했다. 나 아무 죄 없이 쫓겨났다. 니도, 시엄마도, 시동생들까지 한 집에 여덟이나 살믄서 내, 너거들 밥 해먹이고, 빨래하고, 그 많은 제사상 차리고, 청소한다고 죽을 뻔했는데, 니는 저 동생 놈에게 여자도 붙여주고 안 그랬나? 내 다 안다! 맞제? 사과해라! 사과해야 오늘 내 나간다!"

그날 선자는 옛 남편의 슈퍼마켓 안에서 수십, 수백 번 사과해! 사과해! 하고 고함쳤다. 바로 넉 달 전 일이다.

"밥 주라."

밤이 늦어 빈 다라이를 이고 집에 돌아오자 남자가 말했다. 보통 때면 이미 나가고 없을 남자가 아직 집에 남아 있다. 선자의 심장이 낮은 북소리를 또 울리기 시작한다. 얼굴이 후끈 열기로 달아오른다. 선자는 그런 자신을 꾹꾹 누르며 밥상을 차렸다. 남자가 밥을 우걱우걱 씹기 시작한다. 급하게 밥을 삼키는 남자의 두 눈알이 튕겨 나올 듯 흉했고 목울대의 움직임이 무슨 짐승의 그것과 흡사해서 선자는 맞은편에 앉아 미동도 없이 오랫동안 그 목만 응시했다.

"와 그라고 보는데? 미쳤나?"

남자가 말한다.

"한 가지 물어보자. 당신 아까 낮에 내보고 모자란다 켔제? 기억 나나?"

"무신 소리고?"

"물 안 줬다고 날 보고 그랬다. 벅수라고도 켔다."

"내사 마, 기억 안 난다."

"그라믄, 보름 전에 와 나보고 냄새난다 켔노? 밤에 잘 때 말다."

"냄새? 너야 늘 냄새난다 아이가? 생선 비린내, 뭐 늘 그렇타 마!"

"아이다. 내 밑을 보고 냄새난다 켔다. 그건 다른 기다."

남자가 어리둥절하다. 그러다가 얼굴에 초점이 확 잡히면서 흉해진다.

"니 내 말 잘 들어라. 그래서 니는 남자 복이 없는 기라. 아랫도리가 썩는 내가 난다 그 말이다. 그라이 누가 그 짓 하길 좋아 하것노? 여자가 제대로 관리도 안 하이 그 모양인 기라. 알긋나?"

"누가 그 짓 해돌라 카더나? 내, 니 말 듣고 다음 날 바로 병원에 가봤다. 니한테 미안해서. 근데 가서 물어보이, 나쁜 성병이 옮겨졌다고 의사가 카더라. 남편도 같이 오라 카던데, 그기 무신 소린지 알긋나? 이미 오래 된 병이라 약도 마이 주더라. 내 혼자 우째 이런 병이 생기노? 니가, 이 가시나 저 가시나 마구 만나서 이리된 거 아이가? 니 사과하거라!"

남자가 아연해 한다. 너무 놀랐는지 숟가락을 쥔 주먹 그대로 선자의 뺨을 후려쳤다.

"이 가시나가 사람 잡을 년이네! 니, 내 모르게 딴 놈하고 붙어 묵고 내한테 지금 뒤집어 씨우는 기가? 니 지금, 미친 거 맞제? 돌았제?"

휘청했던 얼굴이 반동으로 제자리 돌아오자 남자가 역방향으로 그녀 머리를 다시 힘껏 날린다. 선자는 너무 세게 맞아 머리만 어디로 달아난 듯했다. 입술이 찢어졌는지 피가 바로 흐른다. 그런 와중에 미쳤다는 말은 너무도 또렷하게 그녀 뇌리에 송곳으로 와 박힌다. 왜 사과받으려 들면 모두 자신을 미쳤다고 하는지 이해가 되지 않았다. 제정신이 아니거나, 돌았거나, 머리가 이상하거나, 무식하고 나쁜 년이라고들 했다. 그 말들이 사실이면 선자는 그들에게 잘못하고 있는 셈이다. 너무 얼굴을 여러 차례 세게 맞은 탓인지 선자는 판단력이 우왕좌왕했다. 정신을 차려야 한다. 선자야 정신을…. 두 눈에 눈물이 고였지만 울 수 없다. 심장이 찢어질 듯했고 그 심장이 그녀의 입을 열게 했을 뿐이다. 그런 혼미한 상태에서 그녀는 되는대로 악을 썼다.

"니는 내를 무시했다! 이 년 전 이혼하고, 남자 만난 건 니가 처음인데, 내한테 병까지 옮기 놓고 와 사과를 못 하노? 내가 친정 식구 하나 읎다 무시하나? 니는 또 와 이 집에서 나가라 케도 안 나가는데? 내 집인데 와, 와, 안 나가는데? 내가 이 집 주인이다, 그 말이다!"

"어쭈, 이 돌대가리가 별말을 다 하네. 우리는 일 년째 사실혼 관계다. 니한테 어려븐 말이겠지만 결혼한 거와 같다 말다. 그래서 이 집은 내 집이나 같은 기라. 알긋나, 이 빙신아!"

"내도 친정이 있다! 언니가 있다! 사람 무시하지 마랏!"

선자 눈에 급기야 헛것이 보인다.

"그 언니 함 보자. 우째 내사 한 번도 못 보네? 아마 잘 걷지도 못하는 빙신인가베, 한 번도 동생 집에 못 오는 거 보믄?"

선자가 몸을 던져 그를 끌어내려 한다. 두 사람은 뒤엉켜 바닥에 나뒹군다.

"나가랏! 내 집이다! 인자 니 필요 읎다. 니는 사람이 아이다!"

그 바람에 선자는 더 맞았다.

"씨팔 내 더러버서… 낼 당장 혼인신고 해버릴끼다. 니 인감도장 오데 있는지 내 다 안다! 알긋나?"

엎어진 선자의 옆구리를 냅다 발로 찬 남자는 휑하니 집을 나갔다. 그날 밤 선자는 자신의 도장들을 모조리 집 앞 하수구에

버렸다. 인감도장까지 좁은 하수구멍에 쓸어 넣고 돌아온 그녀는 대문의 비번을 바꾸었다. 남자는 그날 밤 아무 기별 없었다.

다음 날 새벽, 선자는 어판장에 가는 대신 시외버스에 몸을 실었다. 언니를 만나러 갔다.
버스는 시외곽을 벗어나자 속도를 높여 일직선으로 달렸다. 내릴 곳이 종점이므로 선자는 아예 차창에 기대어 잠든다. 버스가 종점에 닿자 선자는 깼다. 어제 남자에게 걷어차인 옆구리가 그녀를 바로 서지 못하게 했다. 선자는 읍내 택시를 잡아 묘원으로 갔다.

언니는 그녀를 보고 늘 그랬듯 아련한 미소를 지어 보인다. 다소 비스듬한 자세의 언니가 살짝 고개만 돌린 사진이다. 그 언니는 다른 망자의 봉안함과 너무 대조될 정도로, 조화든 편지든 아무것도 붙어있지 않아 선자로서는 매번 찾기가 쉬웠다. 선자는 의자를 가져다 놓고 조그만 명함 크기 둘 정도의 언니 명패 앞에 앉는다. 그 명패에는 언니의 생몰 기간과 성명, 그리고 '영원히 당신을 사랑합니다.' 하는 글이 조그맣게 새겨져 있다. 그 글귀는 이제 아무 소용없다. 언니의 남편은 그녀가 죽자 바로 재혼했다.
선자는 '언니.' 하고 불러본다. 보육원에서 만나 함께 친자매처럼 지냈다. 선자보다 네 살 위였다. 심란할 때 언니를 찾아오면 마음이 많이 가라앉곤 했었다. 언젠가 선자에게 순영이 한 말이 떠올랐다. '니는 내 동생이다. 나는 니 언니고…' 순영과 함께 보육원에 버려졌던 두 살 어린 친여동생이 그 보육원에서 병으로 죽었다는 말도 그때 해주었다.

법적 나이가 되어 보육원을 먼저 떠난 언니는 시장에서 어물전으로 기반을 잡았는데, 선자가 이혼하고 혼자가 되자 생선을 다루도록 적극 도와주었다. 그런 그녀가 이 세상에 없다고 생각하자 선자는 가슴이 미어진다. 한 번도 생부모를 보고 싶다 생각하진 않았는데 순영 언니만은 늘 그리웠다. 언니를 만나는 것은 친정에 가는 일이다. 언니가 잠든 이 묘원에 오면 기억에도 아련한 고향의 향기가 감돈다. 역시 향 잎을 태우는 그 냄새다. 그래서 언니가 있는 묘원은 선자의 친정이자 고향이다.

언니…. 내가 이상해지고 있어요. 심장이 너무 아파요. 언니 따라가려고 그러는지 모르겠네요. 내가 그리 바보 멍청인가요? 머리 나쁜 미친년인가요? 아무래도 제 잘못이 크겠지요. 그런데, 그런데, 너무 심장이 터질 듯 아파요. 요즘 아무나 잡고 대들고 싸우고 그래요. 그냥 아무 말이라도 듣고 살아야 되는데 그게, 그게 잘 안 돼요. 그런 말 들으면 이제 심장이 너무 아파요. 죽겠어요….

선자는 자신도 모르게 눈에서 눈물이 굴러떨어졌다. 그리고 입술을 깨물었다. 열네 살 때 자신을 범한 남자 얼굴이 떠올랐기 때문이다. 그 누구에게도 말하지 못한… 대낮이었고 보육원 창고로 갑자기 끌려갔는데 늘 물품을 짐차로 보육원에 넣어주던 중늙은이 남자였다. 그 짐차는 이후 종적을 감췄다.

집으로 돌아오는 버스에서도 얼핏 선자는 잠이 들었는데, 그 옛날 보육원의 늙은 여 사감이 생시처럼 나타났다. 여 사감은 잠결에서도 몰골이 수수깡처럼 메말랐고, 눈 주변은 퀭하니 둘레가 시커멓게 꺼져있어 누가 두 눈알을 후벼 판 듯했다. 어떤 날은 제정신이 아닌 듯, 여 사감은 그 효자손 나무막대로 아이들의 부위를 가리지 않고 가격했다. 모두가 조용했음에도 왜 자꾸 떠드냐면서 마구잡이로 쳤다. 입술만 노리던 때완 판이했다. 선자가 매질을 당하자 순영 언니가 몸으로 선자를 덮어 그 매질을 뒤집어썼다. 선자는 순영의 품안을 파고들어 가능한 몸을 작고 둥글게 했다. 퍽퍽 내리치는 구타 소리는 언니의 등짝 위에 머문다. 선자는 숨차하면서도 그 와중 순영 언니의 몸 냄새에 맘이 놓이곤 했다. 엄마가 있었다면 이런 냄새였을지 모른다.

그날 밤 대문을 두들기고 벨을 누르는 소리가 오랫동안 들렸다.

남자가 돌아왔나 보다. 수없이 대문을 밀치다가 발로 차기까지 한다. 선자는 두 귀를 막고 견딘다. 지금 문밖에는 사람이 아닌 짐승이 와 있다. 그녀는 미친 듯 쾅쾅 울리는 가슴을 필사적으로 부여잡고 밤을 지새웠다. 새벽이 되어서야 조용해졌다.

날이 밝자 선자는 어판장에 가기 위해 빈 다라이를 이고 대문을 열고 나가다가 하마터면 나자빠질 뻔했다. 대문 앞에 쓰러져 잠든 남자에게 걸려 균형을 잃고 대문 기둥에 온몸을 부딪쳤다. 그 바람에 남자도 화들짝 깨어났다.

"선자야….''

남자가 덜 된 음성으로 그녀를 탁하게 부른다. 새벽 한기에 남자의 몰골이 말이 아니다.

"선자야, 대무운 비번 좀 갈켜 주라…. 내가 들어갈 수 있게 말다.''

"머라카노? 니캉내캉은 인자 남인기라. 정신 채리라, 마!''

"선자야….''

뿌리치며 건너뛰는 여자를 붙잡을 듯, 남자의 두 손이 허공에서 허우적댄다.

"선자야… 내가, 갈 데가 읎다! 아무 데도 갈 집이 읎다!''

선자는 달음질쳐 골목길을 내려갔다. 그런데 이상하게 점점 심장의 요동이 낮아지고 힘차게 내딛던 그녀 발걸음에 속도가 떨어진다. 선자야 내가, 갈 데가 읎다. 아무 데도 갈 집이 읎다.

그녀의 두 눈에 눈물이 핑 돈다. 저 남자가 몸 하나 깃들 집이 없다 하네….

걸음을 멈춘 선자는 남자가 아직 있는지를 가늠하듯, 머리에

인 큰 다라이 끝을 치켜 올려가면서 자신이 내려온 골목길을 오랫동안 올려다보았다.

인철이

미자는 그 아이를 처음 봤을 때의 기억이, 세월이 꽤 흘렀음에도 마치 방금 지나간 장면처럼 너무 또렷해서 종종 소스라친다. 너무도 볼품없는 행색이, 요즘도 저렇게 궁기 넘치는 젊은 애가 있을까… 노숙자보다 못한 몰골의 인철이가 면접이랍시고 공장 내부에 들어섰을 때 미자는 꼼짝도 않고 그 아이의 움직임을 주시했다.

그 아이는, 갑자기 바깥 초여름 대낮의 빛 폭포에서 어둠 안으로 들어온 탓인지 방향감각을 잠시 잃은 듯 보였다. '누구세요? 무슨 일이세요?'하고 평소대로라면 충분히 그렇게, 그렇고말고, 아주 당당 발랄하게 방문객에게 말을 걸었을 미자였는데, 이상하게 그때 단 한마디 말도 그녀는 하지 않았다. 어린 청년 인철이가 사무실을 찾아 올라올 때까지 미자는 열린 2층 사무실 내부 창을 통해 공장 안으로 들어선 인철을 내려다보면서 좀체 눈을 떼지 못했다. 어린 청년이라는 표현이 적절했다. 그는 토끼띠, 갓 스물이 지난 아이였다. 공고를 중퇴한, 정말 요즘 보기 드문 중졸의 최종학력. 미자는 자신도 모르게 미간을 찌푸린다.

공장 사무실이라 해봤자 지붕이 제법 높은 단층 공장 작업장 내부 한쪽 끝에 사무실을 복층으로 올린 구조다. 사무실이라기보다 다락방 꼴에 가깝다.

그 1층은 일하는 공원들의 갱의실 겸 휴게실, 2층은 내부 출입문 하나로 칸이 구획된, 미자가 경리로(직원들은 그녀를 실장님으로 부른다) 근무하는 사무실과 사장실로 나누어져 있다. 좋은 점은 공원들의 일거수일투족이 2층 사무실 대형 창으로 훤히 내려다보여 누가 게으름 부리고 누가 몇 분 간격으로 담배 피우려 나다니는지 등등 노동의 질을 감시하기는 좋았던 점이고, 단점은 기계음들이 요동치듯 비명 지르는 어마어마한 소음에 같이 노출되어 그 자욱한 쇳가루의 부유 속에 하룻낮 동안 함께 고락을 해야 한다는 점이다.

인철이가 더듬더듬 2층 계단을 타고 사무실로 들어왔다. 꾸벅 인사를 한다. 미자는 그가 면접을 보러 왔음을 직감한 터여서 재빠르게 입사지원서 한 장을 필기구와 함께 테이블 위로 올려두고 기다린다.

"면접을 받으러 온 거예요?"

미자가 그에게 의자를 턱으로 가리키며 앉으라는 말을 대신

한다.

"네… 면접… 보려구요…."

나시 비슷한 저렴한 검정색 티 위로, 이 무더위에도 불구하고 긴 소매의 바랜 잿빛 잠바를 그는 걸치고 있다. 대개의 남자들이 그렇듯 하의는 더 존재감이 없는 색상과 패브릭 소재여서 흡사 상체만 떠다니는 착각을 준다. 그의 노숙자 같은 행려의 옷차림에 신경이 쓰인 미자는, 도대체 저 남루한 애는 누군가 봐주는 주변인이 아무도 없단 말인가 하는 좀 의외의 짜증이 솟구쳤다.

"일단 앉아서 지원서 한번 작성해 봐요. 개인 이력선 지참했나요?"

"네, 가지고… 왔습니다."

인철이 잠바 안주머니를 뒤져 이력서를 조심스레 미자에게 두 손으로 공손히 건넨다. 이리저리 비뚤비뚤 접힌 이력서는 봉투조차 없어 다 낡은 종이다. 늘 퇴짜 먹은 것처럼 이 한 장의 이력서를 들고 여기저기 입사처를 돌아다닌 듯 보인다. 미자는 이력서를 받아 우선 곧게 펼쳐 누른다. 이런 상태로 사장에게 건네면 십중팔구 냅다 집어 던져질 이력서다.

인철은 꽤 오랫동안 딴에는 공들여 입사지원서를 메꾸어 나갔는데, 사실 기재할 내용이 별로 없는 서식이었으므로, 무슨 난독증이라도 있나 하고 미자는 의아했다. 지원서나 이력서에 드러난 그의 과거는, 이 볼품없는 스프링 사출 공장에서조차 쓰임새가 없어 보인다. 공고 기계과까지는 그렇다 쳐도 문제는 그 공고조차 중퇴라는 사실이었다. 그것도 고1 때였다. 사무적으로 보자면 인철의 최종학력은 중졸이다. 이러다가 군에도 못 가는 것 아냐? 미자는 자신도 모르게 잘근잘근 입술을 깨문다. 가족관계란이 말짱 비어있다. 미자는 마른 목소리로

"가족관계, 안 써요? 칸이 빈칸이네!"

하고 인철을 쏘아본다.

"쓸게… 없어요."

"혼자인가요? 부모 형제… 어디 연락받을 사람도 없어요? 공장에서 무슨 일이라도 생겼을 때 누구에게라도 연락은 해야 할…."

"가족 없습니다."

어린 청년은 미자의 말을 중간에 끊고 대답의 내용과는 정반대로 거만을 부린다.

"그럼, 고아?"

미자는 순간 목이 잠긴다. 자신이 오버하는 것임을 그녀가 자각하지 못한 건 아니다. 오버하려고 했던가? 그건 전혀 아니다. 왜 이 아이 앞에서… 생전 처음 보는 이 아이를 두고 자기가 오버해야 할 이유가 도대체 무엇이란 말인가? 그런데 왜 침이 마르고 눈앞이 침침해지는 건지… 왜 인철이의 행색, 표정, 말투, 눈짓 하나하나가 신경이 쓰여 조바심인지… 미자는 손을 뻗쳐 선풍기의 버튼을 더 센 것으로 눌렀다.

"네… 지금은 그래요."

그가 한풀 꺾인다.

"그럼 부모님이 어딘가 계신다는 거네?"

"어딘가는요…."

순간 쎄한 기운이 미자의 등골을 타고 내려갔다. 그 아이는 흡사 타인에 대해 말하듯 대답이 묘했다. 이런 걸 깊숙이 물어도 괜찮은 걸까? 잠시 미자는 자책한다. 그 아이는 뱉은 말의 내용이 자신의 잘못인 양 순간 푹 고개를 숙였다. 우는 건가?

아이는 거의 고개를 들지 않는다. 더 이상 무슨 표정인지 모르겠다. 미자는 이 상황에서 벗어나고 싶었다. 내가 왜 중졸의 면접자에게 시간을 뺏겨야 하나 하는 옹골찬 다짐으로, 그를 그냥 사장실로 보내 면접 절차를 마무리하고자 한다.

"공고 1학년 때 자퇴… 무슨 이유가 있어요? 사장이 물을 텐데?"

인터폰으로 사장실 버튼을 누르면서 지나가듯 마지막 질문처럼 미자가 묻는다.

"사고 친 건 없습니다."

"그럼 왜 그만둔 거죠? …말하기 싫음 안 해도 돼."

"…차비도 없어서… 더… 다닐 수가 없어서요."

미자는 또 후회한다. 그냥 사장실로 밀어 넣어 사장이 간단히 내치면 될 아이를 세워두고 왜 이런저런 걸 물어 상대를 곤란하게 만드는 건지… 그녀는 인터폰으로, 면접생이 왔다고 사장에게 전했다. 사장은, 사장이라니 우습다. 미자는 봉수를 단 한 번도 사장이라 여긴 적이 없다. 봉수는 외사촌 동생인데 경리격인 미자 포함, 직원 총 6명으로 꾸려가는 영세한 스프링 사출공장의 공장장 겸 사장이다. 그 사장은 늘 사업자금에 허덕이면서도 허세만 가득한 개망나니, 자신보다 두 살 아래인 이종사촌 남동생일 뿐이다.

미자는 요 근래 하던 일마다 꼬여 밥벌이가 말리는 바람에, 봉수 엄마인 큰이모 제안을 받아 1년 전부터 이 공장에 온 터였다. 경리로 사무정리가 주 업무였다. 미자와 봉수 둘은 피차 살아온 서로의 흑역사를 너무 속속들이 잘 알고 있어서, 아무것도 모르는 남남보다 상호 적절한 간격 유지에 오히려 도움이 되었다.

미자로서는 자신의 능력이나 지적인 수준에 비해, 이런 쇳가루 자욱한 가내 수공업적인 공장은 자신이 노는 물이 아니었다. 게다가 봉수가 사장이라니⋯ 가당치도 않다. 고향에서 그가 어떻게 성장하고 살아왔는지 미자는 자신의 손금보다 훤히 꿰뚫고 있다. 그가 집적거린 수많은 여자들하고는 다르게, 지금의 처와는 희한하게 동거 기간 없이 바로 결혼해서 딸아이 하나 두었으니, 이제 좀 사람이 되었구나 하고 친척들은 제법 괜찮게들 보는 듯하다. 그런 판단은 친인척 간에 자주 안 만나고, 자주 만나기엔 대부분 멀리 떨어져 살 경우라야 가능한 판단이다. 비교적 큰이모네랑 한동네서 가까이 살았던 미자로서는 〈봉수=인간말종〉이라는 견고한 등식을 지금도 유지했다. 그건 논리적으로도 바른 이치다. 그래도 직장인만큼 미자는 출근해서 퇴근할 때까지는 남들 눈도 있고 해서 그를 꼬박꼬박 사장님이라고 불러준다. 그 정도는 직장생활상 최소한의 룰이다. 어쩌겠는가. 미자의 월급이 그의 호주머니에서 나옴은 분명했고 그건 몹시 기분 상한 일이지만 사실이다.

"사장님! 면접대상자가 한 명 왔거든요. 지금 들여보냅니다!"

그러라고 사장이 대답한다. 오늘따라 기원집 도박에도 안 나가고 사장실에 남아 있어 신기하다. 미자는 인철을 눈짓으로 불러 함께 사장실 문을 열고 들어간다. 사장은 뭔가 셈법에 골똘해 보인다. 무슨 설계도면 같은 걸 내려다보며 이리저리 요상한 각도기나 계측기로 가상의 공간을 재고 있는 듯 보인다. 하긴 고향에서도 머리 하나는 좋았지, 저놈이. 그러다가 사장인 봉수 역시 중졸이 아닌가, 하는 각성이 미자를 상쾌하게 해준다. 미자는 엄연한 여상 졸업생이다.

사장은 언제 보아도 올빼미 면상을 그대로 오려 붙인 듯한 얼굴이어서 미자는 늘 바라보기가 민망했다. 언젠가 사장의 어린 딸을 올케가 공장으로 데려온 적이 있었는데, 아비처럼 똑같은 눈매여서 그 아이가 몹시 가엾기까지 했다. 그 아이는 죄가 없지 않은가?

미자는 아무 말도 하지 않고 이력서와 지원서를 사장 책상 위로 밀어주고 그냥 그 방을 나간다. 면접생 인철은 우두커니 서서 어쩔 줄 모른다. 시선을 사라지는 미자 쪽을 해바라기 한다. 네 운명은 너의 것. 미자는 매몰차게 자신의 방으로 돌아갔다.

의외로 좀 시간이 흐른 뒤 사장의 인터폰이 온다. 채용한다고 한다. 미자는 그 결과에 대해 이유를 묻지 않는다. 중졸의 아이까지 채용하는 걸 보아하니 아마 공장에 일손이 많이 부족한가 보다. '인철이가(신기하게도 사장이 그 아이의 이름을 바로 말한다!) 내일 아침부터 나올 수 있다 하니 기본 근태에 대해 잘 설명해주라'고 사장이 인터폰으로 미자에게 지시했다. 사장실에서 나온 인철은, 처음 보았을 때보다는 그 잿빛 얼굴에 핏기가 돌아 보인다. 혈색이 돌기 시작한 그 아이의 얼굴은 미자의 착시인지, 지나치게 잘생긴 요즘 아이돌처럼 보여, 그녀는 자신도 모르게 필요 이상으로 인철을 대놓고 올려다보았다.

다음 날 아침, 미자가 출근했을 때 인철이 닫힌 공장 셔터에 기대어 서있다. 아직 새벽 기운이 가시지 않은 이른 시각이다. 미자는 공장문을 따면서
"너 되게 일찍 왔구나!"
하고 간단히 말을 건넸다. 인철이 '네'하고 간신히 답한다. 공장으로 들어서서 안쪽 휴게실 문마저 열어준 뒤, 벽 쪽 측면계단을 오르면서 미자는
"너 아침밥은 먹고 온 거니?"
하고 지나치듯 물었다. 왠지 이 신새벽에 그 아이가 공복일 것 같은 직감이 들었기 때문이다. 인철이 '네'하고 똑같이 짧게 대답한다. 힘이 하나도 들어있지 않은 것도 똑같다.

"정말 먹고 온 거냐?"

다짐받듯 미자는 한 번 더 물어본다. 이번에도 인철은 '네'하고 답한다. 이미 그는 직원 갱의실 겸 휴게실인 1층 방으로 사라지고 없다. 미자는 그쯤에서 모른척하기로 한다. 그래야 할 것 같다. 자기가 더 이상 묻고 자시고 해서 뭘 어떻게 해줄 것도 없다고 그녀는 생각한다. 스물이면 다 큰 성인이다. 알아서 챙겨 먹든 말든 갓 마흔인 미자로서 관여할 바 아니다. 그런데 그가 왜 이 꼭두새벽부터 출근하는지는 의아했다. 첫 출근이어서 인철이 나름 신경 쓴 건지도 모른다.

아침에 인철의 입사 소개와 인사가 간단히 있었고, 당연하게도 인철은 닥치는 대로 허드렛일이나 정리정돈, 이리저리 선임자들이 찾는 공구들을 찾아 건네주는, 말 그대로 신입으로서의 잡역을 해나갔다. 사실 이런 공장에서 별스런 기술을 익힌다는 건 어불성설이다. 주문받은 모양별, 크기별, 굵기별 스프링을 초 단위로 찰칵찰칵 감아 끊어서 박스에 채워 보내는, 거의 기계화된 공정이기 때문이다. 도대체 저 애는 무슨 미래를 보고 이 공장에 왔는지 미자로서는 모를 일이다. 물론 밀링이나 선반 작업이 전혀 없는 건 아니다.

가끔 사장은 일본으로부터 비정상 루터로 입수한 새 스프링 기계 도면을 펼쳐놓고 얼렁뚱땅 스프링 짝퉁 기계를 자급자족 만들곤 했다. 어디선가 헐값에 야매로 입수한 도면임에 틀림없는데, 그건 미자 눈에도, 얼치기 산업스파이들이 이 허접한 공장에 나름 잇속을 챙기려 드나드는 게 보였으니 맞는 판단이다. 그런데 그렇게 만든 기계가 놀랍게도 늘 제대로 작동했다. 그러고 보면 중졸에 불과한 사장이 머리가 비상한 건 맞는 듯했다. 가정 형편상 중학교만 나왔지 집에 돈만 있었음 서울대 공대라도 갈 머리라고 큰이모는 늘 한탄했다. 그 이모 덕에 자기가 이 공장 경리로 기어든 형편이고 보니, 사장이 야매로 뭘 만들어 팔든 미자로서는 할 말이 별로 없다.

인철도 같은 중졸이라 그런지 꽤 머리가 좋아 보였다. 고졸이면 팔푼이가 되고 대졸이면 거의 백수가 되든가… 암튼 그 아이는 눈치가 빨랐고 몸놀림이 가볍고 정확했다. 심지어 쉬는 시간에도 공장 바닥을 조용조용 비질해서 쇳가루를 모으거나 기계 덮개에 쌓인 녹 때를 나름 사포질까지, 그 누구도 시키지 않았는데 습관처럼 잘했다. 그래서 같이 일하는 선임자들도 좀 놀라는 눈치였다. 체질처럼 한시도 그는 가만히 있질 않았다. 그냥 있으면 이상스레 불안한 듯 다양한 잡역에 달라붙었는데 그게 너무 자연스러워서 그냥 내버려 두는 수밖에 없었다. 그렇다고 뭐 월급이 더 오를 일도 없는데 말이다. 정도 이상으로 부지런했고 이런저런 지시에 신속 정확하게 반응했다.

일주일쯤 지난 점심 무렵 공장에 나타난 사장이 미자에게 한마디 했다.

"저 애, 내가 왜 채용했게?"

"모르겠는데… 왜 채용했어요?"

생각해보니 궁금한 이유라서 미자는 귀를 세운다.

"페이도 묻지 않더군… 그래서 내가 최저 시급밖에 못 준다고 했는데 좋다고 하더만. 시내 편의점 편돌이가 받는 최저 시급 말이야. 야근도 괜찮다 하니, 뭐 안 쓸 이유가 없지. 고학력과 고기술이 필요한 것도 아니고… 지만 좋다면 계속 돌릴 수 있겠더만. 그 애, 고아 아닌가? 그럼 군에도 안 가겠네?"

그랬구나. 미자는 아, 하고 입을 벌리려다가 반대로 꼭 다무는 쪽을 택한다. 봉수 저놈은 역시 난 놈이다. 아주 헐값으로 인철을 먹으려 드는구나. 그래도 그렇지, 이런 공장도 일의 강도가 만만찮은데, 식당에서 그릇 나르는 알바생 시급 정도로 저 애를 부려 먹다니.

"근로계약서, 작성해 줘야 할 것 같은데요?"

미자는 사장의 옆구리를 찔러본다. 역시 예상대로 불에 덴 듯이 그가 반응한다.

"저 애가 요구하지 않음 왜 쓰는데? 누난, 제발 긁어 부스럼 만들지 마, 좀!"

"요즘 저런 애들이 수틀리면 노동고용처에 잘도 고발하고 그러던데? 4대 보험은 해줘야 하는 것 아닌가요?"

"저놈은 안 그럴 놈이야. 척 보면 알아! 중졸인 주제에 뭘 알고 날뛰겠니? 일하다 다치면 그때 일이고… 뭐 다칠 거라도 있어? 우리처럼 노동 강도가 낮은 영세공장은 그냥 심심풀이 땅콩이지. 하는 일 없잖아? 게다가 중졸이라서 어디 다른 데 취직이라도 되겠어? 좀 두고 보다가…."

사장은 마치 준비된 연설처럼 좍좍 잘도 말을 뱉고는 휑하니 제 방으로 사라진다. 미자는 인철이가 왜 그토록 쉽게 채용될 수 있었는지, 사장의 관점에서 보니 금방 요해가 되었다. 역시 매사엔 각자의 관점이 중요하나 보다. 미자 자신의 관점에서는 그 누구보다 면접에서 바로 탈락될 이는 바로 인철이었으니.

공장이 잘 운영되지 않는 건 아니었다.

미자가 나름 경리를 보다 보니 제법 매출도 올랐고 향후 주문처의 발주도 몇 달 뒤의 상황까지 낙관하게 해줄 정도였다. 문제는 사장이 화투나 노름 바둑에 너무 빠져 사는 점이다. 이는 올케도 모르고 있다. 그런데 미자는 알고 있다. 폭폭 곳간에서 큰 됫박으로 미곡을 퍼 담아내듯 판돈 마련차 회사 공금이 사적으로 쏙쏙 빠져나가고 있다. 미자는 사장의 돈 인출 지시에 한 번도 저항하지 않았다. 사장의 지시를 경리는 따를 뿐이다. 그런데 퍼나간 돈은 돌아오는 법이 거의 없었다. 어찌 도박에서 매번 잃기만 할까마는 딴 돈은 투자에 쓰일 공적자금으로 되돌아와야 함에도 불구하고 공장으로 환수되는 돈이 없다. 그런 유실금은 손비처리로 단골 계약된 세무사 쪽에서 깔끔하게 매달 정리해준다. 인건비까지 상계하면 겨우 현상 유지 정도의 재무상태가 월

말경 늘 정답으로 나온다. 아니 일정 부분의 상당한 부채가 전생의 악연처럼 따라 나온다.

미자나 올케는 똑같은 월급쟁이 처지다. 그나마 미자는 고정급이지만 올케의 생활비는 남편인 봉수가 쥐여주는 대로 대중없이 변화무쌍했다. 봉수의 푼돈으로 사는 셈이다. 가끔 올케가 공장 사무실로 전화를 걸어왔다. 공장 사정이 정말 안 좋은 건지 어떤 건지 하면서 우는 소리로 묻곤 했다. 미자는, '올케야 이번 달엔 특히 더 그러네….' 어쩌네 하면서 사장의 관점에서 답해주곤 했다.

아침마다 공장에 가장 먼저 나타나 문을 따는 건 미자의 중요한 일이다.

사장은 미자가 가장 먼저 출근하고 가장 나중에 퇴근하도록 엄명을 주었는데, 그 이유는 공원들이 쇠붙이나 공구를 훔쳐 갈 수도 있기 때문이라 했다. 심지어 그는 모든 공원들이 지갑 외에는 가방조차 들고 오지 못하게 했다. 그 속에 비싼 공구를 넣어 갈 수 있다고 미자에게 감시를 늘 당부했다. 미자는 아마 그 애들 나이에 봉수가 해온 솜씨가 아닌가 여겨졌다.

그런데 이제는 인철이가 출근 순위 일등이다. 왜 이렇게 일찍 오냐고 다그치듯 물어도 그는 네, 혹은 그냥 일찍 일어나서요, 할 뿐 미자의 궁금증을 속 시원히 풀어주지 않았다. 한번은 '너네 집은 어디니? 이력서 주소는 부산이던데 지금은 주민등록을 이곳 거제 고현으로 옮겨왔을 거 아니니?'하자 인철은 예의 낮고 힘없기는 매한가지인 어조로 '네'하고 대화를 더 이상 이어가려 하지 않았다.

미자가 관찰한 바로는 인철은 매우 성실한 아이였다. 우선 말수가 없었고 계속 움직이기란 쉽지 않은데 그는 계속 공장에서 움직였다.

사람은 말없이 그냥 놀고 있으면 금방 눈에 띄게 마련이다. 그런데 인철은 늘 작업의 흐름 속에 있었고 어디 한 자리에 멍하니 앉아 있거나 수다로 주변을 시끄럽게 하는 경우는 더더구나 없었다. 늘 무리 속에 소리 없이 녹아있었다. 그런데 가끔 낮에 외출을 신청했다. 불규칙했지만 그러고 보니 다른 이보다 외출 빈도가 좀 잦은 편이다. 한 달에 서너 번? 그러다가 이틀 연속 외출을 나가기도 한다. 그런데 절대 결근은 하지 않는다. 병가도 없다. 다만 그 외출시간이 드물지 않게 한나절을 차지하기도 해서 미자는 이걸 사장에게 알려야 하나 어쩌나 하고 망설이는 중이다. 물론 사용한 외출시간은 결벽증처럼 시급 계산에서 미자는 철저히 공제했다. 흡사 자신의 마음을 빙하처럼 얼리려는 듯.

신기하게도 인철은 외출 후 꼭 퇴근 시간이 임박해서라도 반드시 돌아왔으며 자신이 이제 돌아왔음을 꼬박꼬박 신고까지 한다. 그런데 다시 나타난 그의 표정은 매번 어두웠고 심지어 슬퍼 보였다. 한번은 무슨 용무로 또 외출이니 하고 묻자 그냥 개인용무라고만 했다. 어디서 그 단어는 주워들었는지 그 말만 하면 외출 허가가 당연히 떨어지는 것처럼 그는 그 말만 사용했다. '왜 퇴근 후에 개인용무 보면 안 되는 일이니?'하고 물어보면, 이제는 거의 다 다녔고, 해결되어가므로 조만간 외출할 일은 없어질 거라면서 미자에게 죄송하다고 했다.

인철이 근무한 지 서너 달가량 지났을 무렵이었나 그랬다. 오후부터 비가 거세게 퍼부었는데 야간작업도 없었으므로 공원들은 퇴근 시간이 되자 작업복을 벗어 던지고 비교적 말쑥하게 갈아입고 총총히 빗속으로 사라졌다. 불가사의하게 그들 봉급으로 어떻게 저런 중고차라도 몰 수 있는지, 다 낡은 중고지만 자가용을 모는 애들도 있었다.

그날따라 장부 정리로 퇴근이 늦어진 미자가 공장 셔트를 내리려다가 폭우 속에 인철이가 공장 담벼락에 쪼그려 앉아 있는 모습이 보였다. 그는 길지 않은 처마 밑으로 마구 튕겨 드는 빗물에 젖은 채 거의 수평으로 들이닥치는 엄청난 비의 장막을 얼굴 전체로 맞으면서 무연히 앉아 있었다. 미자는 화들짝 놀라

"너 왜 이러고 있니? 누구 기다리니?"

물었다. 평소 같으면 네, 아니오 라고 짧게 응답했을 인철이가 아무 말도 하지 않고 그녀를 스윽 올려다본다. 미자는 순간 멈칫한다. 그녀는 빗물에 씻겨가는 그 아이의 얼굴을 보다가 자신도 모르게 흠칫한 것이다. 이거… 나만 느끼는 건가? 미자는 누구라도 지나가는 사람이 있다면 붙잡고 물어보고 싶을 만큼

자신의 눈이 의심스러웠다. 깨끗하게 반듯한 이마, 수평으로 짙고 굵게 그어진 눈썹은 양 끝으로 완만하게 각이 내려져 순한 강아지를 연상시킨다. 코는 다소 통통하면서도 작아 보였지만 오뚝 솟아 있다. 그리고, 무엇보다 스무 살의 입술이… 그 입술이 자그마하고도 도톰한 꽃잎 모양이었는데, 윗입술이 약간 허전하게 솟구치듯 벌어져 보인다. 그런 미소년 얼굴에 구레나룻이 먹물로 그은 듯 양 귀 곁에서 턱 아래까지 뭉쳐져 내려와 있다. 물론 턱을 둘러싼 아랫부분은 제법 잘 면도질 된 푸른빛으로 남아 있다. 빗속에서 인철의 그런 얼굴이 미자의 눈에 녹아든다. 이 아이는 참 잘생긴 어린 청년이구나…. 미자는 새삼 감탄한다. 그러다가 몽환에서 벗어나듯

"너, 안 갈 거니? 우산 없음 같이 쓰고 버스정류소까지 가든지… 됐니?"

하고 그녀는 먼저 성큼 빗속으로 나섰다. 그러나 인철은 움직이려 하지 않았다. 이후 말없이 오랫동안 그런 묵언 상태의 대치가 자신이 생각해도 부자연스러워 미자는 단호히 선언했다.

"나 먼저 간다. 너 말하기 싫은데 내가 이러고 서서 비 맞을 필욘 없지. 낼 보자!"

하고 등을 돌렸다. 공장 앞 도로로 좀 걷다가 미자는 자석에 이끌리듯 뒤돌아본다. 저쪽 공장 벽 처마 아래 인철이 희뿌연 폭우의 장막 속에서 더 낮은 자세로, 아니 거의 땅바닥에 엎드려 구걸하는 행려자처럼 비를 맞고 있다. 이미 밤은 어둠을 단단하

게 붙잡고 있다. 저녁 어둠을 늦여름 호우가 수천만 개의 혀로 알뜰히 핥아 내리고 있다. 미자는 긴 한숨과 함께 인철이 쪽으로 되돌아갔다. 그녀가 접근하자 인철은 몹시 힘든 표정을 지어 보인다. 그냥 '가주세요!'하는, 무언의 밀어내는 힘을 미자는 감지했다.

"왜 그러니? 왜 그러고 앉아 있는 거니?"

인철은 고개를 떨구었다.

"너, 나에게 할 말이라도 있는 거니?… 그래서 여태 기다린 거니?"

어디 담배라도 있었음… 그녀는 요 얼마 전에 끊었던 담배가 급 땡겼다.

"말을 해! 나도 이렇게 비 맞고 있어야 되는 거니? 왜 그러는데?"

그 아이가 고개를 들어 미자를 올려다본다. 미자는 심장이 또 철렁 내려앉는다. 티 없이 이쁜 어린 청년의 얼굴이 줄줄 흐르는 빗물에 젖은 채 흔들리는 눈빛으로 그녀를 보고 있지 않은가? 아, 그런데 그 눈빛은 그녀를 이상한 방향으로 자극했다. 미자는 가슴 어딘가 큰 문이 열리는 뜨거움을 느꼈다. 이런 감정은 도대체 무엇이란 말인가? 미자는 혼미한 자신을 지탱하듯 우산을 바투 쥔다. 그때 미자가 보았던 인철의 얼굴은 아주아주 어린, 미자의 젖먹이 아들의 얼굴 바로 그것이었다. 미자는 그 찰나를 부정하듯 서둘러 퍼뜩 정신 차린다. 이 비에 퇴근도 못 하고 이러고 있다니! 미자는 버럭 스스로 화를 돋우었다.

"뭐야? 말을 해! 왜 이러니?"

"미안해요… 그냥 여기서 좀… 잘 수 없나요?"

"여기? 여기 어디?"

"공장요… 공장에서요…."

"왜?"

"그냥… 오늘 밤만이라도 좀, 자게 해주세요…."

"너 집이 없지? 그런 거냐?"

인철은 더 이상 말을 하지 않는다. 입을 다물어 버렸는데 윗입술만은 계속 뭔가 말을 이어가려는 듯 봉긋봉긋 한다. 아마 저 애는 한평생 제대로 입술을 다물지 못하고 살겠구나, 하고 미자는 느꼈다. 그 아이의 입술 모양이 무의식적으로 모유를 빠는 입 모양임을 미자는 찌르듯이 깨닫는다. 그 순간 미자는 그가 와들와들 떨고 있음을 비로소 눈치챘다. 놀란 미자는 인철의 얼굴에 근접하고서야 그가 이미 인사불성의 불덩이임을 알았다. 빗속에서 그 아이의 고열이 몸 전체로 더운 김을 피워 올리고 있다. 미자가 그 아이의 이마에서 뺨과 목덜미로 손바닥을 대어보았다. 신열이 예사롭지 않다.

"너 어디 아프지? 아픈 거 맞지!"

아픈 거 아니냐는 미자의 말끝에 인철은 그 자리에 폭삭 무너진다.

"어머나! 이 애가 사람 잡겠네!"

미자는 서둘러 공장 문을 다시 따고 그를 안으로 질질 끌다시피 부축해 들어갔다. 쇳가루 냄새가 진동하는 공장 어둠을 더듬어 가면서 내부 전등 스위치를 올리자, 어머, 너희 둘은 웬일이니? 하면서 공장 속의 모든 것들이 순식간에 그들 곁으로 확 몰려왔다. 천지사방 수천 개의 눈망울들이 궁금해 죽겠다는 듯 웅성댄다.

미자는 직원 휴게실 내 소파에 그를 눕혔다. 인철의 몸은 고열로 펄펄 끓고 있다. 미자는 우선 인철의 젖은 여름 잠바를 힘겹게 벗긴 후 수건으로 얼굴이며 이마, 목 덜미께의 물기를 서둘러 훔쳐낸다. 그리고는 잽싸게 냉장고 문을 열어 얼음을 추려 비닐봉지에 쓸어 담아 아이의 이마에 올렸다. 해열이 무엇보다 급선무다. 미자는 사무실 계단을 뛰어 올라가 자신이 혹시나 해서 상비해둔 감기 해열제를 가져와 인철의 입속에 들이부었다.

인철은 눈의 초점이 풀린 채 딱히 어디라고 할 곳도 없는 애매한 어느 지점을 보고 누워있다. 아니 저 애는 제대로 굶고 있는 건 아닌가? 미자는 본능적으로 그런 생각이 뇌리를 친다. 오늘은 잔업이 없어 저녁 식사가 제공되지 않았다. 낮에 공장에서 배달시켜준 점심 한 끼만으로 오늘 하루를 버티는 건 아닌가 하는 강한 의심이 들었다.

"가족에게 연락해줄까? 집이 어디니? 아님 가까운 병원이라도 나랑 갈까?"

인철은 아무 말도 하지 않는다. 그는 탈진한 채 고열로 혼수에 빠져든 듯 보인다.

"집이 어디냐니깐! 연락처를 줘 봐, 내가 전화해야겠다!"

"…없는데요… 아무도….".

겨우 인철이가 입술을 움직여 준다. 미자는 그 말이 믿겼다. 사실 그 애가 처음 공장에 들어섰을 때 미자는 직감적으로 노숙자라는 강한 인상을 받지 않았던가. 미자는 발목을 단단히 잡힌 기분이 들었다.

"그럼 이때까지 어디서 자고, 먹고, 다닌 거니? 집이 없는 거 맞아?"

하고 미자가 말하자

"…돈 있을 땐 PC방에서요… 없을 때는… 그냥… 밖에서 자요."

하고 그가 신기하게 대답해준다.

"길에서? 노숙도 한다는 거니, 너가?"

"돈이 없을 때는… 그래요….".

"그럼 밤엔 어디서 노숙하니? 집도 없이 뭐하고 밤을 보내니?"

"…그냥 걸어요. 어딘지 걷다 보면 잘만한 곳이 나와요."

미자는 기가 막혔다. 너무 기가 차서 말소리가 목구멍 지하 동굴 속에서 쥐어짜듯 올라온다.

"너, 너, 월급 받잖아? 벌써 우리 공장만 해도 석 달 치 넘게 꼬박꼬박 받았잖니!"

인철이 117

"그 돈은 못 써요. 쓸 수 없어요… 모아야 해요."

순간 미자는 피식하고 웃음이 샜다. 이 자식 이거, 완전 짠돌이구나… 미자는 나름 고비를 넘긴 기분이 들었다.

"너 밥도 잘 안 챙겨 먹지? 아침저녁은 어디서 먹고 다니니?"

"아침은 안 먹어요…."

"저녁은?"

"저녁은… 점심을 많이 먹어두면 돼요."

"너 미친 거 아니니? 한창 나이에 한 끼만으로 산다는 거니?"

"늘 안 먹진 않아요. 가끔은 저녁도 먹긴 해요…."

"너 빚이 많아 그래? 어디 갚아야 할 빚이 정말 있는 거냐? 사채나 야쿠자 빚 같은 거?"

그 말이 좀 우스웠는지 인철이 눈을 몇 번 깜박인다. 그나마 정신이 드나 보다.

"빚 없는데요…."

"그래? 그럼 넌 꽤 돈을 모았겠네. 그렇게 안 먹고, 안 입고, 안 자고 하니… 맞지? 너 알부자지?"

"그런 거 아닌데… 받을 돈도 못 받고 그러는데요."

"돈을 못 받다니, 왜?"

"돈을… 잘… 안 줘요. 월급을 다들 미루고 반만 주거나 했어요. 여러 군데서 그랬어요. 그래서 가끔 돈 받으러 가요. 그들이 내 돈 준비됐다 하믄요…."

"왜 그런데?"

"몰라요… 그냥 대개 그래요. 정규직이 아니라 그런 건가 해요. 아님, 중졸이라서 그럴 거예요, 군에도 못 가는…. 괴롭히기도 하구요."

"괴롭혀? 뭘?"

"그냥… 괴롭히는 사람도 있어요. 괴롭히면 난 무서워서 그 회살 잘 안 나가요. 더 이상 안 다녀요. 하지만 내가 번 돈은 반드시 받아내야 해요…"

미자는 가슴이 막혔다.

"그래도 인철아, 여기서 이러면 안 된다. 요기도 하고 해야지. 무엇보다 허기부터 채워야 몸도 말을 들을 거 아니니? 낼 출근 안 할 거니? 하루 일당을 몽땅 날릴래?"

"그냥… 여기서 자면 안 될까요? 그냥 잠만 잘 건데…."

"그건 안 돼. 사장님 방침이야. 아무도 재우지 말랬어!"

그 말은 사실이다. '공돌이들은 죄다 도둑놈이라 공구들이 어떻게 사라지는지, 낮이고 밤이고 잘 감시하라'고 봉수는 늘 강조했었다.

"잠만 잘 건데… 정말 잠만 자는데…."

미자는 농담 이상으로 진지하게 타이른다.

"이것아 너를 그냥 공장에 두고 퇴근했다간 여기 기계들, 쇳덩이들, 공구들, 사무실 물품 등, 너네 노숙 친구 일당들이 밤사이 몽땅 털고 달아날 경우 난 뭐가 되지? 난 모가지 날아가고, 책임추궁에다가 니네들 수배받고 그러면 좋겠어? 니네가 그런 애들인지 아닌지 내가 뭘 보고 믿으란 거니? 이말 무슨 뜻인지 모르겠니? 너, 이 공장 다닌 지 몇 달도 안 됐잖아?"

그가 참 이해하기 어렵다는 듯 그녀를 말끄러미 올려다본다.

"난 안 그래요. 그냥… 오늘 밤만, 자게 해주심 안 돼요?"

미자는 인철의 이마를 살짝 누르듯 열을 재본다. 아까보다 체열은 다소 잡혔으나 아직은 보통을 넘어서 있다. 그런 와중에도 귓불이 발갛게 물든 인철을 내려다보자니 미자는 속이 울렁댈 만큼 그가 앙증맞아 보인다. 다 큰 아기구나! 그녀는 이 아이를 녹슨 쇳가루 냄새가, 우기의 썩는 곰팡내랑 합심해서 진동하는 공장 어둠 속에 홀로 둬서는 안 되겠구나 하고 판단한다.

"여기 밤새도록 있음 없던 병도 생기겠다. 내가 모텔 방 하나 잡아줄게. 처음이니까 이번만 내가 챙겨주는 거다. 아직 이렇게 옷들이 모조리 젖어 열이 안 잡히네!"

미자는, 젖은 채 겨드랑이께로 말려 올려진 인철의 땀내 배인 런닝을 마저 위로 벗긴다. 인철은 힘없는 포로처럼 두 손을 올려주었는데 그 바람에 하체가 스윽 늘어나듯 배꼽 아래로 그의 배털이 나타났다. 젊은 아이의 반짝반짝 빛나는 검정빛 체모는, 더 아래 일부나마 드러난, 곱슬하고도 시커먼 음모의 숲과 만남의 경계 없이 연결되어 무성하다.

남사스러워 시선을 돌리려던 미자는 갑자기 경악했다. 배꼽보다 성기에 가까운 쪽으로, 인철의 아랫배엔 뭔가 밀가루 반죽을 제멋대로 떼어 짓이긴 듯한 살점 몇 개가 흉하게 덕지덕지 붙어 있다. 너무 놀라 헉 소리와 함께 미자는 자신도 모르게 인철의 바지 앞단으로 손이 갔고, 꼭 그래야만 하는 것처럼 앞단을 조금 잡아 내렸다. 순간, 인철이가 미자의 손을 엄청난 힘으로 홱 뿌리치면서 용수철처럼 소파에서 벌떡 일어났다. 아니 일어났다가 제풀에 힘이 소진되어 다시 그 자리에 쓰러진다. 미자는 무안했다.

"미안, 미안… 배 쪽에 이상한 게 보여서…."

다급한 그가 감추듯 등을 보이고 모로 누워버린다. 미자는 벽에 걸린 누군가의 공원 츄리닝 상의를 집어내려 그의 몸을 덮어주었다.

그를 힘겹게 부축하여 공장 앞 도로에서 지나가는 택시를 세워 조선소 끝자락, 방파제 광장에 있는 모텔로 가자고 택시 기사에게 미자가 말했다. 비는 여전히 사납게 내리고 있다. 일흔은 넘어 보이는 운전수는 안 그래도 주름투성이의 이맛살을 더 찌푸러뜨린다. 원치 않는 말세를 마주친 표정이다. 마흔 대의 여자가 어린 청년을 부축해서 초저녁부터 모텔에 가자고 했으니 그럴 만도 하리라. 그 노인의 못마땅해하는 반응을 미자는 침묵으로 뭉갠다.

조선소 끝자락 방파제를 향해 서 있는 아라비안 궁전 풍의 모텔 하나. 몇 번 그 부근을 산책 삼아 지나다니면서 눈에 익긴 했지만, 자신이 이 모텔에 들 줄은 상상도 하지 않았으므로 미자는 세상살이가 오묘하다고 여긴다. 남자랑 이런 모텔도 얼마 만에 들어와 보는 건가… 미자는 감개무량했다.

방에 들자 인철을 침대에 내려놓고 소형 냉장고에 얼음이 있는지 살핀다. 얼음 케이스 자체가 없다. 미자는 모텔 화장실의 양치용 플라스틱 컵에 물을 채워 냉장고 속에 넣고 강으로 다이얼을 맞춘다. 그리고 커피포트에 일단 물을 끓인다. 애가 기운을 차리게 더운 녹차를 우선 마시게 할 심산이다.

미자는 침대 모서리에 엉덩이를 엉거주춤 걸치고 앉아 인철을 바라본다. 늦여름 비 탓인지 곰팡내가 모텔 방 전체로 가득했다. 무슨 무당집에 든 듯하다. 원색의 큼직큼직한 꽃무늬 도배와 얄팍한 인테리어, 허접한 집기들이, 최소한의 비용으로 손님들 시각을 최대한 괴롭히는 8, 90년대 식 컨셉이다. 아마 이 모텔의 나이가 그런지도 모른다. 사위가 적막해서 미자는 순간이지만 좀 졸다가, 저 애 지금 잠든 걸까? 미자는 인철에게 다가가 이마를 더듬어 짚는다. 열은 여전했다. 이젠 핏기조차 없다. 숨이 멎은 건가? 미자는 겁이 덜컥 났다.

그래, 잠을 자는지 죽었는지… 미자는 자신의 어린 아기가 잠든 밤이면 오히려 한숨도 자지 않고 아기를 지켜보곤 했었다. 미자의 아기는 강보에 싸인 작은 인형처럼 미동도 않고 두 눈을 꼬옥 감고 있었다. 너무나 고요한 숨결이었으므로 그녀는 수시로 손을 뻗어 아기의 손을 만졌고 인중에 손을 대어 아이의 호흡을 살피곤 했다. 아기는 소심한 숨소리나마 내쉬면서, 아직 죽을 생각은 없다는 듯 둥글게 오므린 다섯 손가락으로 맞닿은 미자의 손을 희미하게 더듬는다. 그 아기도 지금 이 세상 어디선가 인철과 같은 스무 살 나이가 되었을 터인데… 토끼띠 어린 청년으로 이 세상 어딘가에…. 여고를 졸업하던 그해 여름, 미혼모로 아기를 낳아 다섯 달 만에 입양 보내는 바람에, 생이별한 아들을 애써 뇌리에서 지우듯 미자는 자신의 머리 전체를 세차게 좌우로 도리질 친다.

"인철아! 여기 가운 갈아입어! 바지도 젖은 그대로네…."
그 애가 눈을 뜬다. 여기가 어딘가 하는… 그러다가 여기가 어디든 아무 뜻 없다는 듯 그냥 멍 때린 시선 끝에 스르륵 눈을 감는다.
"욕조로 가! 미지근한 물에 몸을 담구면 좀은 나을 거다. 더운 국밥도 시켜둘게."
미자가 그를 일으켜 세우려 하자 인철이 몸에 힘을 꽉 주어 돌처럼 무겁게 만든다. 미자의 손길을 거부하는 그 동작과 결심이 너무 단호했으므로 미자는 머쓱했다.
"제가… 그냥 하면 돼요…."
침대에서 비틀비틀 몸을 일으켜 세운 인철이, 눈앞에 근접한 미자를 경계하듯 나름 안전거리를 유지하면서 욕실로 뒷걸음질한다. 미자는 그의 소심함에 웃음이 터질 뻔했다. 그러나 웃음은 나오질 않는다. 이건 뭔진 몰라도 슬픈 상황임을 미자는 알고 있다.

곧 샤워 물줄기 소리가 타일 바닥을 파내듯 사납게 들린다. 나는 지금 뭘 하고 있는 건가… 미자는 자신이 좀 어처구니가 없다. 퇴근 때까지만 해도, 1시간 뒤의 이런 상황, 부둣가 모텔 베드의 한 모서리에 엉덩이를 불편하게 걸친 채, 갓 스물이 지난 아이의 샤워 물소리를 듣고 있을 거라고 상상이라도 했던가 싶다.

그런 미자는 깜박 졸다가 화들짝 놀라 튕기듯 몸을 날려 욕실 문을 박차고 들어갔다. 도대체 얼마나 오랜 시간이 지난 것일까? 졸다가 그녀는 왠지 억만 겁의 시간이 흐른 듯해서 번쩍 정신이 들었는데, 욕실에서 인철이가 나오지 않고 있다. 뛰어 들어가 보니 욕실 바닥에 팬티 차림의 인철은 쓰러져 있었고 차가운 샤워 물이 그의 얼굴 위로 사정없이 들이붓고 있다. 어찌하여 이 아이는 이 지경일까, 그보다 나라는 여자는 왜 이 와중에 졸기까지 했단 말인지… 고열보다 익사로 더 빨리 어찌 될 것 같다. 미자는 몹시 놀랐지만 결과야 어쨌든 그 아이를 위해 자기가 할 일이 생겨 오히려 활기 있게 사태에 임한다. 그녀는 먼저 수전의 방향을 급히 반대 방향으로 돌려 냉수 폭포를 온수로 홱 바꾼다. 그러고는 인철을 바르게 눕혀 수전의 온도를 적절히 따뜻하게 올려 인철의 차가운 몸 골고루 적셔 준다. 그 바람에 미자의 옷도 젖고 만다. 미자는 그런 것에 달리 생각할 틈이 없다. 오로지 인철의 체온을 다시 올려놓는 게 급선무다.

인철이 뭐라고 중얼대는 듯하다. 의식이 차츰 돌아오나 보다. 벗은 인철의 몸은 정말이지 아가의 몸처럼 부드러웠고 밝았다. 겉보기보다 뽀얗고 토실토실한 그런 가슴살의 만져짐이 허리로 내려 배꼽에 이르자 의외로 근육이 되어있다. 곱슬곱슬한 배털들이 소용돌이로 하향하듯, 혹은 성기 쪽의 밀생한 음모가 무성히 상향하듯 상호 엉켜 만나고 있었는데, 놀랍게도 아까 본 그대로, 분명 화상으로 짓이겨진 흉한 살점들의 중첩이 배꼽에서부터 성기 바로 윗부분에까지 드러난다. 아마 누군가가 담뱃불로 심하게 지졌구나! 미자는 분노로 두 눈이 튀어나올 것만 같았다. 그 아이의 상흔은 주변 피부를 한껏 끌어모으다가 어쩔 수 없다는 듯 덕지덕지 굳어 있다. 순간 인철이 휙 하고 팬티를 끌어 쥔 채 몸을 욕실 벽 쪽으로 둥글게 말면서 그 상처를 감춘다. 의식이 돌아왔나 보다.

그런 화상 흔적은 미자의 왼쪽 손등에도 있다. 그 개새끼는 술에 취했음에도 엄청난 완력으로, 봄 밤 하굣길 여고 3년생이던 미자를 덮쳐 주먹으로 명치를 가격하고는 학교 뒤편 마늘밭으로 질질 끌고 갔다. 숨이 넘어가면서도 격한 반항으로 미자가 아랫도리를 열지 않자 남자는 아주 여유롭게 담배를 피워 물어 빨갛게 달군 뒤 그녀의 왼쪽 손등을 천천히 지졌다. 그날따라 늦게까지 학교에 남아 자습했던 밤이었다. 조급하게 일을 끝낸 남자가 사라지고, 아랫도리가 열린 채 마늘밭에 혼자 널브러진 미자는 그날 밤하늘의 청청한 별들을 지금도 기억한다. 너무나 비현실적인 하늘이었다. 읍내 버스터미널 배차 직원으로 차부 마당에 늘 보이던 사십 대 중늙은이였다. 미자의 첫 남자. 그날 이후 그 인간은 읍내에서 종적을 감추었다. 거짓말처럼 단 한 번도 볼 수 없었다.

임신 사실을 그녀는 거의 반년이 지나서야 깨달았다. 그냥 스트레스로 생리가 몇 달 중단된 줄 알았다. 아이가 뱃속에서 자라자 차부의 그 중늙은이는 달아났지만 자신에게 평생 망령처럼 그 인간이 붙어버렸음을 미자는 알았다. 아이는 남은 달을 채우고 미자 몸 밖으로 나왔다. 중늙은이 아이였다. 미자는 핏덩이의 아비가 누군지 목에 칼이 들어와도 침묵했다. 그녀는 태어난 아이를 다섯 달 뒤 입양 보냈다. 자기가 키우면 언젠가는 스스로 이 아이를 죽일지도 몰랐기 때문이었는데, 이런저런 이유를 떠나 궁핍한 살림에서도 체면을 목숨보다 중시하는 집안 공기 때문에 십 대인 그녀는 도저히 젖먹이를 키울 재간이 없었다. 그건 무서운 현실이었다.

미자는 인철을 부축하여 겨우 침대로 눕혔다. 굵은 섬유 직조의, 나름 괜찮은 모텔 가운으로 그 아이의 몸을 감싸준다. 인철이 이불을 더듬어 당겨 자신의 몸을 숨긴다. 그러고는 두 눈을 꼭 감고 죽은 듯이 가만히 있다. 나름 어깨 전체로 가쁘게 숨을 쉬는 거로 보아 죽은 건 아니다. 순간 미자는 이 아이가 거의 굶어서 탈진했음을 재각성 한다.

"너 지금 굶어서 이런 거지? 매일 점심 한 끼만 먹고, 그래서 지금 쓰러진 거구!"

인철은 대답하지 않는다. 영양실조, 악성 빈혈, 등의 단어들이 미자 뇌리에 자막처럼 지나간다. 미자는 생각보다 이 밤이 길어질 것 같아 좀 조바심이 났다.

"…보셨어요?"

느닷없이 인철이 먼저 말했다.

"뭘?"

"아랫배… 화상 자국요."

"아, 그것?"

일부러 미자는 심드렁하게 답한다.

"…흉하죠?"

미자는 연속된 인철의 말들이 의외였다. 그가 먼저 말을 건네는 경우는 참으로 귀했다. 말을 이어가는 인철이 신기해서 미자는 눙치듯

"좀… 뭐, 심하진 않네… 안 그래?"

했다.

"처음 본 사람이거든요… 실장님이…."

"내가?"

"네…."

"아무도 몰라? 정말?… 엄마 아빠도 몰라?"

"엄만 몰라요."

"그럼 아빠는?"

"아빤 없어요… 한 번도 진짜 아버진 본 적 없어요…."

말로 형언키 어려운 그 어떤 것이 그녀의 시력을 대번에 흐리고 좁게 만들었다.

"왜 그렇게 된 거니? 너 스스로 그랬을 리는 없고, 도대체 누가 그런 짓을 남겼니?"

인철은 침묵하다가 힘없이, 어쩔 수 없이 해야 하는 자백처럼 말했다.

"계부요…."

"계부?… 그럼, 엄마는?"

미자는 입속이 바싹 타들어 갔다.

"…엄마가 도망간 밤에… 계부가 절 묶어두고 지졌어요. 중1이었는데…."

그녀는 절규하듯 소리친다.

"도대체! 아니… 어떻게!… 그럴 수 있니?… 그래서, 어떻게 했니?"

"다음 날 새벽에… 전 도망쳤어요. 그냥, 달아났어요…."

그 말까지 마치자 괜한 말을 한 듯 인철은 슬그머니 이불을 이마 위까지 끌어올려 버린다. 미자는 가슴이 미어져 아아아 하고 제대로 호흡하려 애쓴다. 오늘은 한계에 다다른 듯했다. 인철보다 그녀가 먼저 탈진할 지경이다.

"국밥 주문할께. 너무 안 먹고 못 자서, 너 탈진까지 된 거다."

"저 혼자… 그냥 좀 쉬다가 갈게요. 그렇게 해주세요."

이불 속에 몸을 숨긴 인철이 그렇게 애원한다. 미자는 그 이불을 홱 걷어내면서

"그래, 나도 그만 가고 싶다! 근데 너 밥 먹는 것 보고 갈래. 밥 배달시킬 테니까 반드시 먹어야 돼! 그러면 간다, 가!"

인철은 아무런 말도 하지 않았다. 미자는 성큼 일어나 모텔 콘솔 위 코팅된 밥집 찌라시를 낚아챈 후 전화를 걸면서 소리친다.

"뭐 먹을래? 뭘 먹고 기운 차릴래?"

하다가 신호가 바로 연결되자, 뭐가 가장 빨리 배달되는지 묻고는 아무거나 빨리 배달되는 국밥 종류 두 개를 그녀는 주문했다. 놀랍게도 배달 밥은 모텔 프런트 복도에서 조리한 듯 금방 도착했다.

"꼭 두 그릇 다 먹도록 해! 안 먹고 버려두면 내 돈 아깝다. 난 간다. 낼 출근 안 하면 일당 까이는 거 알지? 여기서 푹 자고 바로 출근해! 밤에 제발 정처 없이 떠돌지나 말고!"

미자는 더 이상 그 방에 있어서는 안 될 것 같았다. 그녀는 자신의 가방을 챙겨 들고 방을 나왔다.

모텔을 나와 밤 방파제 광장에서 한참 동안 인철이가 든 방이 어딘가 하고 우산 속에서 올려다보다가 밤 파도가 갑자기 방파제 키를 넘어 덮치는 바람에 그녀는 기겁하고 그 자리를 떴다.

다음날 인철은 평상시처럼 일찍 출근했다. 미자를 보고 예의 무표정하게 목례만 했는데 안색은 한결 나아 보인다. 저 애는 머리 스타일만 손보면 꽤 괜찮은 녀석이 될 텐데… 미자는 자신도 모르게 인철의 무질서하게 무성한 머리카락 속으로 자신의 열 손가락을 집어넣어 이리저리 스타일링 해주는 환시를 본다. 미자는 그날 하루 내내 인철의 상태를 예의주시했다.

그로부터 한 보름이 지났을까… 밤에 모두가 퇴근하고 뒷정리를 하러 계단을 내려가자 인철이가 직원 휴게실에 혼자 남아 있었다. 그녀를 보자 인철이 자리에서 일어났다.
"어, 인철이네! 아직 일이 남은 거니? 왜 퇴근 안 해?"
"저… 그만… 두려구요."
미자는 자신이 잘못 들었는지 헷갈렸다.
"그만둬? 뭘?"
"공장 나오는 거요… 그냥요…."
"무슨 그냥? 이유를 알아야 내가 사장에게 말이라도 하지?"
"그냥… 그만두어야 할 것 같아서요."
"다른 데 이미 취직한 거니, 그럼?"
"그건 아니지만, 암튼… 그만두겠습니다. 실장님께는 직접 말씀드리고 싶었습니다."
"너, 정말 그만두는 거구나! 사장에게는 너가 직접 말해야 되는 것 아냐? 직원도 몇 안 되는 공장인데…."

미자는 언젠가는 이런 날이 오리라 짐작 못 한 건 아니었는데 생각보다 빨라서 가슴이 멍했다.

"사장은, 안 만날 거예요."

"정말 그러고 싶니? 사장은 한번 나간 사람은 절대 안 받아주는 사람인데, 괜찮아?"

"상관없어요… 전, 여긴, 안 올 겁니다!"

인철의 어조가 의외로 강했다.

"조금 더 있음 봉급날이다. 그때까지 다녀라, 돈 계산 편하게…."

"봉급은 실장님이 주시는 거 맞죠? 사장이 주는 건 아니잖아요?"

화법이 묘했다. 미자는 이 아이의 돌출 행동이 이해가 되지 않는다.

"봉급은 사장 결재를 받아 내가 입금해주는 거지만, 사장 돈이지 내 돈 아니다."

"암튼, 꼭 좀, 받게 해주세요! 내 돈 떼이긴 싫거든요!"

인철이 애원하듯 미자를 바라본다.

"그것 말하려고 날 기다린 거니? 봉급 떼일까 봐?"

인철은 그 질문엔 대답하지 않는다. 무언가 골똘히 생각에 빠졌는지 머리통이 방바닥 쪽으로 축 처진다.

"가겠습니다, 이모. 그간 고마웠습니다."

이모라고 했다. 미자는 맥없이 눈물이 핑 돌았다. 미자는 나가려는 인철의 어깨를 자신도 모르게 우악스레 잡아당겼다.

"내가… 내가 왜, 너, 이모니? 왜 그렇게 부르는데!"

그 말은 결국 울음으로 터져 나온다. 붙잡힌 인철이 몹시 당혹해한다.

"죄송해요. 그냥… 이모 같아서요…."

"너, 이모라도… 정말 있긴 있는 거니?"

코맹맹이 소리로 미자가 겨우 띄엄띄엄 말하자

"이모가 계셨으면… 비슷할 거 같아서요."

"그런데 무슨 이모 타령이니… 이모도 없는데?"

미자는 목이 조였다.

"가기 전에 한 가지만 물어보자, 인철이 너, 엄마는 가끔 만나고 있는 거니?"

"…아뇨, 엄마는 사라진 뒤로 못 만났어요. 저도 그다음 날 도망쳤으니 어떻게 연락할 방법도 없구요…."

"그 계부는, 알고 있을지 모르잖니?"

그 말에 인철은 몹시 표정이 어두워진다. 두 어깨가 솟구치다가 깊은 한숨 끝에 도로 한없이 낮아졌다.

"무서워서 못가요, 그 사람에게는… 지금은 어디 사는지도 몰라요."

"그럼 친아버지는, 있을 거 아니니?"

"…저가 돌 지나고 병으로 죽었다고… 엄마가 그랬어요."

인철이 몹시 피곤해한다. 그는 미자의 손에 잡힌 어깨를 슬쩍 돌려 머리 숙여 인사한 뒤 공장 밖 어둠 속으로 사라졌다.

 말 그대로 인철은 다음 날부터 공장에 나오지 않았다. 오후에 사장이 늦은 출근을 했는데, 미자가 인철이 그만두었다고 전해 주자 그는 상상 이상으로 격노해서 그녀는 매우 놀랐다. 자격도 능력도 안 되는 놈을 받아줬는데 자신에게 직접 말 한마디 없이 나갔을 뿐 아니라, 후임이라도 구한 뒤 내보내야 하는 거 아니냐면서 미자에게 화를 퍼부었다. 그런 인정머리 없는 놈은 제대로 된 사회생활을 위해서라도 버릇을 고쳐줘야 된다면서, 절대 남은 봉급은 한 푼도 지불해서는 안 된다고 사장은 길길이 날뛰었다. 정도 이상으로 날뛰는 사장을 미자는 멍하니 올려다본다.
 "아니, 그 애가 일한 만큼의 봉급은 당연히 주어야지요, 사장님!"
 미자는 사장님이라는 호칭 대신 봉수야, 하고 부를 뻔했다. 미자가 이종사촌 누나니 굳이 못 부를 호칭도 아니었지만, 직장에서의 룰이나 공원들의 눈 때문에 미자는 항상 손아래 이종사촌 동생 봉수를 사장님, 사장님하고 깍듯이 대했다. 그런데 그런 어법이 무너질 듯해서 미자는 자신도 곧 이 공장을 그만둬야 할 때가 오고 있는 건 아닌가 하는 촉이 왔다.
 "중간에 제멋대로 나가는 놈은, 남은 돈 안 줘도 돼! 임시직에게 무슨 계산을 칼같이 해줘?"
 미자는 더 이상 말을 나누어서는 안 될 것 같은 생각이 엄습했

다. 대화를 수습하듯 그녀는

"봉급날에 인철이의 보름치도 같이 결재 올릴께요."

했다. 순간 비웃음 비슷한 것이 사장의 얼굴에 스친다.

"누난 왜 그놈에게 잘해주려는데? 그 애가 누나 아들이라도 돼? 어릴 때 입양 보낸 그 아이라도 되는 거야?"

하고 예상치 못한 비수를 미자 가슴에 푹 찔러 넣는다. 미자가 아, 하고 소리 없는 비명으로 입만 활짝 벌렸다. 무슨 말이라도 해야 하는데 입만 벌어질 뿐 아무 말도 나오지 않는다. 그 벌어진 입속으로 독액을 주입하듯 사장은 '절대 땡전 한 푼 줘선 안 돼! 절대로!'하고 쏘아붙이고는 쾅쾅대며 사무실을 빠져나갔다.

며칠 뒤 인철이가 사무실로 전화를 걸어왔다. 그냥 용건만 묻는다는 투의, 그렇다고 무례하거나 건방진 어투는 아니었는데, 인사랄 것도 생략하고

"인철인데요, 제 돈 언제 주나요?"

하는 단도직입적인 중, 고딩 수준의 화법이어서 미자는 좀 서운했다. 하다못해 이모! 하고 부르면 누가 잡아가나… 그러나 이것저것 떠나 인철의 아기 같은 음성이 너무 반갑다.

"인철이구나! 사장에게 잘 말해두었으니 봉급날까지는 기다려야지. 며칠 뒤면 봉급날인데, 그때 내가 먼저 연락해줄게. 밥은 잘 챙겨 먹고?… 직장은 구한 거니?"

미자는 그 애가 너무 보고 싶었다. 말소리를 직접 들으니 더 그랬다.

"구하는 중이에요…."

"밥은?"

"먹고 있어요."

"잠은? 아니, 집은 구한 거니?"

"괜찮아요. 아직 겨울도 아니구…."

"너, 돈 있잖아? 왜 안 쓰고, 안 먹는 건데? 몸이 견뎌야 저축이고 나발이고 할 거 아니니?"

미자가 소리를 지른다. 무슨 애가 돈독이 올라도 단단히 올랐구나! 미자는 화도 치밀었지만 마음 같아서는 전화선을 잡아당겨서라도 그 자식을 눈앞에 당장 끌어오고 싶었다.

"잘 덴 있어요… 그만 끊을게요…."

전화가 끊어졌다. 미자는 폭삭하고 그 자리에 주저앉았다. 비 오던 밤 그 애의 젖은 몸을 타올로 닦아주던 그 기억이 사무치게 아련하여 눈물이 주르륵 볼을 타고 흘렀다. 그런데, 입양 보낸 내 아들은 이름이라도 제대로 있는 걸까? 어쩌면 이미 죽었을지도 모를 일이다. 아니면 이억 만 리 외국에라도 떠나간 건지. 미자는 이미 아가의 얼굴이 기억나지 않는다. 사진 하나 남기지 않았었다. 너무 몸서리쳐진 임신과 출산이었다. 그래서 어딘가에서 어떻게 살아가더라도 자신과 아이는 서로 얼굴조차 기억 못할 것이다. 그 생이별의 순간 미자의 인생은 끝났다. 자신이 미처 깨닫지 못했을 뿐, 그 경험은 미자의 나머지 삶을 갈가리 찢어버렸다. 그라인드가 쇠를 가르는지, 소름 끼치는 마찰음이 아래층 작업장에서 미자의 두개골을 종단하듯 올라온다.

봉급날이 되었지만 사장은 돈을 입금해두지 않았다. 인철은 물론 다른 직원들조차 체불될 지경이다. 며칠 전부터 사장은 끗발이 안 선다고 투덜댔는데, 아마 직원 월급을 모조리 노름판에 갖다 부은 듯했다. 어쩐지 요 몇 달 동안은 공장이 제법 돌아가나 했는데… 미자는 자신의 체불보다 당장 인철이가 신경이 쓰였다. 그녀는 인철에게 전화를 걸려다가 통화 대신 문자를 보내기로 한다. 그 아이의 음성을 듣고 싶었지만 실망을 주는 말을 건네기가 힘들었다. 〈인철아 잘 지내니? 공장 사정이 어려워 며칠 기다려야 할 것 같다. 며칠만 기다리면 되니 걱정 말고! 내가 맛있는 밥 한번 살까?〉 하다가, 밥 살까 하는 뒷글들을 미자는 천천히 지운다. 인철에 대한 무분별한 자신의 감정선이 그녀는 두려웠다. 아, 그 자식은 왜 하필 이 공장에 나타나서는… 한숨과 함께 〈힘내, 이모가!〉 하는 문자로 마무리한 다음 보내기를 눌렀다. 인철은 답문을 보내지 않았다.

며칠 뒤 대량납품이 마무리되자 다행히 자금이 들어왔다. 공원들 임금 지급 결재안을 들고 사장실로 갔는데, 사장은 인철의 지급내역 해당 줄을 빨간 펜으로 죽 그어버린다.

"이 새낀은 안 줘도 돼! 이런 놈은 정신 차려야 돼!"

미자는 몇 푼도 안 되는 그 애 월급을 가지고 왜 그러냐고 대들었다. 사장은 미자의 항의 따윈 개무시하면서

"지깐 놈이 어디까지 버티는지⋯ 사회생활을 우습게 알면 큰 코다치지⋯."

하고 결재안을 미자 쪽으로 홱 집어던졌다.

"내 돈을 대신 인철에게 보낼게. 난 다음 달에 받으면 돼."

그러자 사장은 미자를 잡아먹을 듯 째려본다. 이 대낮에 올빼미를 만나고 있구나⋯ 정말이지 사장의 얼굴은 올빼미랑 닮아도 너무 닮았다.

그가 입을 연다. 올빼미 얼굴을 한 인간이.

"그런 자식들에게 누나 돈을 주겠다고? 참 답답도 하네요⋯ 어떻게 살려구! 그래서 여태 방 한 칸 없이 이리저리 고시원 같은 월세방을 전전하는 거 아냐? 작은이모 고생 끝나려면 한참 걸리겠네! 마흔이 된 외동딸이 남자도 없이 아직도 저 모양이니⋯."

순간 미자는 이 코딱지만 한 근무처가 몹시 답답하게 여겨졌다. 숨쉬기조차 힘들 지경인데, 아마 이 방의 산소란 산소는 죄다 저 올빼미가 들이키는가 보다.

"그 자식, 언젠가는 지 돈 꼭 받고 싶음 직접 공장에 나타나겠지! 하긴, 어제는 지가 먼저 전화질까지 하면서 돈 달라고 징징대더만!"

미자가 휙 하고 몸을 돌려서는 성큼성큼 사장에게 다가갔다.
"뭐라고 징징대던데? 그 애가, 봉수 너에게 왜 전화를 하니?"
비로소 미자는 사장이라는 호칭을 버렸다. 사장, 아니 봉수가 뜨끔해하면서 미자를 올려다본다. 호칭의 변화가 뭘 의미하는지를 봉수가 어렵게 계산하는 중이다.
"지 돈을 왜 안 주느냐고 대들더만. 어째 어린 게 돈맛을 알았는지, 아주 악을 써요, 악을…."
"아니, 그게 니 돈이냐? 그 애 돈이지! 봉수 넌, 공과 사도 구분 못 하고 사장 노릇을 하는 거니, 지금?"
미자의 일갈에 봉수가 놀라 날갯짓 치기 직전의 올빼미 꼴로
"무, 무슨 말을 그렇게 해?"
했다. 미자는 대꾸하지 않기로 한다. 그냥 경리실로 또박또박 돌아갔다.

인철을 제외한 나머지 직공들의 봉급을 미자는 송금 완료했다. 자신의 돈을 인철에게 보낼 수도 있었는데 그녀는 그렇게 하지 않기로 했다. 그건 사장이 어쨌든 해결할 일이고, 후임에게 그렇게 되도록 당부를 단단히 하는 방향으로 미자는 잔무를 정리하기로 한다.
그녀는 먼저 엄마와 큰이모에게 봉수 공장에서 나가게 되었다고 말한 후, 사장에게는 문자로 그만둔다고 날렸다. 새 경리가 올 때까지 일은 하겠지만 그 시한을 향후 한 달까지로 한다는 단

서도 덧붙였다. 사장으로부터의 답은 신속했다. 〈알겠다〉 그것이 전부였다. 다행히 후임 경리는 생각보다 빨리 나타났다. 인근 읍내 여상 졸업반 아이가 왔는데, 견습 비슷한 신분이어서 봉수로부터 봉급문제로 시달릴 징후가 눈에 훤히 보였지만 미자는 더 이상 생각하지 않기로 한다. 별로 업무랄 것도 없는 탓인지 새 경리는 금방 일을 익혔다. 미자는 이번 일요일에 잠시 나와 사무실에 남은 자신의 자질한 짐을 빼기로 내심 작정했다. 그녀는 더 이상 출근은 하지 않기로 사장과 합의했다. 마지막 대했을 때 봉수는

"이제 고향으로 가는 거냐? 가서 작은이모랑 살아?"

하고 말을 삐딱하게 퉁겼다.

"엄마에게 왜 가니? 집 나온 지가 하루 이틀이니, 내가?"

하고 미자는 그가 더 이상 말을 못 붙이게 쏘아줬다. 엄마는 지금도 미자를 보면 잡아먹으려 든다. 사실 그런 엄마에게 잡아먹혀도 달리 할 말은 없지만 그녀에게 고향은 이미 무의미한 어떤 지점이다.

며칠 뒤, 미자는 인철에게 너 이제는 봉급 받았니? 하고 전화를 걸고 싶었지만 그게 좀 우스운 꼴이라서 관두기로 한다. 명색이 그 아이의 봉급을 챙겨 입금해줘야 할 전임경리로서, 그런 걸 자신이 되물어본다는 게 다소 쪽팔리는 일이 아닐 수 없었다. 인철의 카톡방은 그 아이의 핸드폰 번호와 김인철이라는 성명만

표시되어 있을 뿐, 그 흔한 본인 사진 하나 없다. 단지 배경화면으로 알프스 산록에 참 이쁘게 세워진 전원주택 사진이 한 장 있을 뿐이다. 사람은 전혀 보이지 않았는데, 너무 평화롭고 적막하여 미자는 눈이 다 시렸다. 새로운 생활의 격언이나 다짐의 글, 혹은 친구들이랑 어디 놀러 다닌 사진이라도… 기적처럼, 그 전원주택 발코니에 인철이가 나와 활짝 웃으며 두 손을 미자에게 흔들어 주기를 고대하듯 그녀는 인철의 카톡방에 종종 들어가 봤지만 늘 그 사진 하나뿐이었다.

일요일 오후, 아무도 없는 공휴일이어서 미자는 사무실에 남은 짐을 마저 꾸려오기 위해 공장으로 갔다. 공장 문을 여분의 열쇠로 돌리던 미자는 문이 잠겨 있지 않아 의아해했다. 새 경리가 어젯밤 퇴근 때 잠그지 않고 가버렸나, 하고 미자는 공장 안으로 들어섰다. 그런데 누군가 이미 문을 따고 들어와 있는 듯 1층 맨 안쪽 직원 휴게실에 불이 켜져 있다. 토요일엔 일을 가끔 하기도 했지만 일요일까지 나와 일할 정도는 아니었는데…. 미자는 불빛 쪽으로 다가갔다. 그녀가 채 다다르기 전에 예의 사장 봉수의 무지막지한 고함소리가 그녀를 얼어붙게 했다.

"빨아 새캬! 빨아란 말야, 이 씹 새캬!"

창문에 어른거리는 어른의 상체는 사장임은 분명했는데, 누구를 향해 그렇게 큰 소릴 지르는지 미자는 알 수 없었다.

"너, 돈 받고 싶지? 그럼 빨어 새캬! 니가 멋대로 나가서 공장

손해가 얼만지나 알앗!"

창가에 이르러서도 미자는 도대체 저게 무슨 장면인지 이해하지 못했다.

헐렁한 여름 티 하나 걸친 그대로, 하의를 몽땅 무릎 아래까지 내린 사장이 흉물스레 끄덕이는 그의 검붉고 딱딱한 성기로 인철의 얼굴에 마구 들이미는 중이다. 의외로 사장의 큰 엉덩이 탓에 잘 보이진 않았으나 뒷 목덜미를 사정없이 쥐어 잡힌 인철은, 사장의 하반신에 그 조그만 얼굴이 처박힌 꼴이다. 이미 몇 차례 얻어터진 듯 코 아래가 피범벅이다. 봉수는 분노인지 아님, 나름의 성적 흥분 탓인지 숨을 헐떡이면서 연신 소릴 지른다.

"… 안 빨아? … 이 새캬! 내 좆 빨앗!"

"왜!… 왜! 내가… 빨아야 돼?… 왜?"

인철은 봉수의 성기를 피해 이리저리 얼굴을 돌리면서 반항하고 있다. 힘겹게 말할 때마다 붉은 피가 인철의 이빨 사이로 침과 함께 부글부글 튄다.

"새캬, 너 같은 건, 당해야 돼! 이쁘장한 새끼가, 일도 안 하고 돈 받으러 왔으니… 좆이라도 빨아야지요 잉!"

"돈, 내 돈 달라고!… 돈, 돈 달라고!"

"너, 달아나려 했지? 내가 널, 좀, 건드린답시고 말씨, 쌩까고 공장 그만두시겠다? 근데 월급은 받으시겠다?"

"…오늘… 오늘은, 내 밀린 월급 꼭 준다고 오라 했잖아!… 돈, 돈 줘요! 내 돈!"

인철이

미자는 자신의 두 눈이 의심스러웠다. 순간 아이가 봉수의 팔을 세차게 깨물었나 보다. 악! 하는 외마디 비명과 함께 봉수가 몸을 홱 빼면서 인철을 벽으로 쾅 밀쳤다. 벽에 힘껏 부딪힌 인철이 그 힘의 반발처럼 상체를 홱 세워 되달려든다. 미자는 아이의 눈빛이 새파랗게 변한 것을 보았다.

"내가! 내가, 왜 빨아야 되는데? 왜! 왜! 왜!…내가!"

아이의 숨 가쁜 말이 채 마무리되기 전에 봉수 주먹이 인철의 얼굴을 가격하는 바람에 아이의 얼굴이 맥없이 방향을 달리한다.

"햐아! 날 깨물어? 이 새캬! 너, 나를, 우습게, 봤구나!"

놀랍게도 사장의 손에 이미 쇠뭉치 비슷한 공구가 쥐어져 있었는데, 그의 세찬 가격이 다시 시작되자 아이 얼굴 전체가 대번에 피범벅이 된다. 그 와중에서도 '돈!… 내 돈 줘!' 하는 인철의 낮은 중얼거림을 미자는 똑똑히 듣는다.

미자는 순간 엄청난 자석에 이끌리듯 몸을 던졌다. 그녀는 생각보다 자신의 몸이 몹시 빠르게 잘 움직여 주는구나, 그런 기분의 연장선에서, 직원 휴게실 벽 선반에 죽 나열된 일자형의 금속 공구 중 하나를 손닿는 대로 낚아채, 조금도 주저치 않고 상의가 쓸려 올려가 맨살이 드러난 봉수 옆구리에 실하게 쑤셔 넣었다. 순간 너무 놀란 봉수가 비현실적인 얼굴로 미자를 매우 느리게 뒤돌아보았다. 그는 숨쉬기조차 힘든 듯 얼굴이 백지로 변했다. 미자가 손을 놓으니 봉수 살 속 깊이 박힌 공구 손잡이 끝이 파르르 떤다. 단순한 십자 드라이브는 아닌 듯하다. 아마 끝이 새의 부리처럼 날카롭게 휘어진, 무슨 라쳇 렌친가 보다.

 마침내 봉수가 아, 하고 입을 벌린 채 몸을 벽 쪽으로 쓰러지듯 눕힌다. 미자는 퍼뜩 정신이 들어 소리쳤다.

 "인철아! 내다! 이모가 왔다!"

 그녀는 피투성이로 널브러진 인철에게 달려가 그 아이를 부둥켜안았다.

식복사 젬마

올해 초, 본당 식복사 일자리를 얻은 늙은 여자 젬마는 신부님의 점심 식탁을 치우다가 장방형 창문 밖을 문득 바라보았다. 본당 가까이로 언덕 같은 작은 연두색 동산이 시작되고 있었는데 따사로운 봄기운이 그 언덕에 가득했다.

매우 실한 왕벚꽃 나무들이 도열한 본당 울타리 뒤편, 군인 아파트를 향해 잘 포장된 그 오르막길 동산이 바로 눈에 든다. 그 길 초입으로 낮장을 본 듯 젊은 여인 하나가 잔뜩 식품이 채워진 캐리어를 밀고 힘겹게 올라오고 있다. 아마 어느 직업 군인의 아낙인가 보다.

그녀의 치맛단을 붙잡은, 너덧 살로 보이는 어린 여자아이 하나가 엄마를 놓칠세라 종종걸음 뒤따라 걷고 있다. 젬마는 자신도 모르게 '엄마!' 하고 입속으로 옹알이하듯 말했다. 놀랍게도 그 소리는 이미 60대인 젬마의 음성이 아니었다. 바로 너덧 살밖에 안 된 그 또래 여자아이들 음색이었다. 두어 번 더 '엄마! 엄마!' 하고 중얼댔지만 젬마는 자신의 목소리가 아님을 인식하지 못했다.

그 여인이 식당 창 중앙을 지날 때 젬마는 자신도 모르게 1이라는 숫자를 보았다. 환영처럼, 아낙의 몸 전체가 1이라는 수가 되어 그 숫자로 걷고 있다!

"일!"

하고 젬마는 이번엔 크게 소릴 질렀다. 힘겹게 길을 오르던 여인이 고개를 홱 돌려 젬마가 서 있는 2층 사제관 쪽을 올려다 보았다. 젬마는 몸을 숨기지 않았다. 창 하나 사이로 두 여자는 그렇게 서로를 말없이 바라봤다. 여인은 다소 기분이 상한 듯 아이 손을 잡아채고는 지나가 버렸다.

"하날 지웠구나…."

젬마는 자신도 모르게 그렇게 중얼대다가 창문을 닫고 식당 안 주방 쪽으로 갔다.

식복사 젬마가 본당 로비의 성물방에 나타난 것은 완연한 봄, 재의 수요일이 갓 지난 사순절 기간이었다.

그날 오후 성물 판매 봉사자인 유미는 식복사 젬마가 성물방으로 들어서자 어디서 본 듯한 인상이어서 반갑게 인사를 하였다.

"어서 오세요, 자매님!"

식복사는 반쯤 출입문을 열어 얼굴만 삐죽 들이민 채 유미를 바라본다. 보통은 성물들이 좌우 진열대에 다양하게 비치되어 들어선 사람마다 구경하기 마련인데, 식복사는 그런 것엔 전혀 시선을 두지 않고 상대의 얼굴을 집요하게 바라봐서 유미는 좀 당황했다.

"어떤 성물이 필요하신가요? 도와드려요?"

그렇게 재차 말을 건네도 답이 없자 유미는 미소를 거두었다.

어디서 봤더라, 고개를 갸웃하다가 보름 전쯤 유미가 성전 지하의 비품실에 조그만 스툴을 두러 내려갔는데 한 번 크게 꺾이는 지하 계단 중간에 쭈그리고 앉아 있던 식복사를 용케 기억했다.

"어머, 계단 청소를 하시나요? 수고하시네요!"

힘들게 봉사 활동하시는 어느 레지오 단체의 나이든 교우이신가 해서 유미는 그때 밝게 인사를 건넸다.

"청소부 아입니다."

그녀가 몸을 벽 쪽으로 굼뜨게 붙이면서 유미가 내려가도록 공간을 힘겹게 내어주었는데 대답이 무척 무뚝뚝했다. 어두운 지하 통로라 그때 유미는 젬마 얼굴을 자세히 보진 못했다. 생각보다 연로해 보였고 벽에 손을 대고 있어 청소 봉사를 하시나 했는데, 그때 자신은 청소부가 아니라고 쏘듯이 답을 해 당혹했다.

"그러시구나. 죄송해요. 벽을 만지고 계셔서… 혹시 어디 불편하세요? 제가 부축해드릴까요?"

"아입니더. 그냥 가소. 내사 마 여기서 쉬는 게 좋다 아인교."

"아 네. 그러시구나…."

비품실로 내려가 스툴을 두고 중앙 로비로 올라간 유미는, 사무실로 가서 본당 지하 계단에 웬 노인이 주저앉아 계신다고 알렸다. 그래서 걱정이 된다 하자 새로 온 사무장이

"식복삽니다. 얼마 전에 부임해 오신. 신부님 밥해주러요…. 노친네가 늘 계단을 어슬렁대네요. 나도 몇 번 봤습니다. 아마 우리 지하 계단 통로가 시원해서 그런지 모르겠네요. 곧 저녁 준비하러 사제관으로 가시겠지요."

무심한 대답이었지만 묘하게 상대를 안심시키는 면이 있어 유미는 그 뒤 식복사 존재를 아예 잊어버렸다. 기억해야 할 이유가 없었다. 오늘 단지 식복사가 갑자기 성물방에 나타났을 뿐이다.

유미는 그냥 하던 일 그대로 계산대 위 공책에 오늘의 판매 내역 사항을 재점검했다. 판매 내역이라 할 것도 없다. 평일의 낮 미사를 마치면 교우들은 순식간에 흩어진다. 그중 열 명도 채 안 되는 교우들만 성물방에 들렀고 그중에서 성물을 구입한 사람은 극소수에 불과했다. 미사 직전의 판매와 지금 합산된 정산이 오늘 판매액 총액이다. 축일이나 세례식 전후도 아닌 탓에 할머니 교우들의 일상 양초 구입이 전부였다.

고개를 들어보니 식복사가 조금씩 다가오고 있었는데 어깨 한쪽이 사뿐 낮았다가 다시 솟았다 한다. 요즘에 소아마비라

니…. 크게 놀랍지는 않았지만 매우 드문 장면을 보는 기분이다. 유미는 당황했다. 한 번도 사람이 목발 없이 그냥 절며 다니는 경우를 보지 못했다. 유미는 자리에서 벌떡 일어났지만 어찌할 바를 몰랐다. 그 사이 식복사는 이리저리 뒤에서 떠밀리듯 유미 앞에 섰다.

"여기 앉아도 되능교?"

그녀가 의자를 가리키기에 유미는 재빠르게 그것을 빼주었다.

"젬맙니더. 신부님 밥해주러 왔다 아인교."

내어준 의자에 털썩 몸을 던지며 젬마라고 밝힌 중늙은이가 처음으로 입을 열었다.

"반갑습니다, 젬마 자매님. 저는 유미고요 본명은 안나."

그것으로 대화는 단절되었다. 이제 젬마는 유미의 얼굴보다 몸 전체를 이리저리 뒤적대듯 훑고 있어 그녀는 기분이 좀 상했다. 자신의 툭진 몸매를 탓하려는 시선으로 보였기 때문이다.

"성물 구경하시게요? 혹 필요한 것 있으세요?"

늙은 식복사의 시선이 다소 무례했으므로 그녀는 젬마의 시선을 벽 좌우로 진열된 성물 쪽으로 돌리려 했다.

이미 봄기운이 완연했고 본당 스테인드글라스 창을 투과한 햇살들은 영롱한 보석 다발이 되어 로비 공간에 떨어지고 있다. 그러고 보니 유독 성물방 내부만 버려진 듯 캄캄하다. 왜 이리 어두울까…. 그녀는 천장의 조명을 올려다보았다. 침침하지만 나름 빛을 내리고 있다. 그녀는 한 번도 이 방의 전등 조도에 대해 생각한 적이 없음을 자각하고는 의아했다. 그녀는 사실 전등이 달려있다는 것조차 의식하지 못했었다.

"아픈 거 맞제? 내가 보기에 마이 그런데, 안 그런교?"

유미는 귓전을 울리는 식복사 젬마의 말이 자기에게 한 말임을 뒤늦게 알았다. 유미가 뭐라 말하기도 전에 젬마의 두 손이 어느새 그녀를 향해 펼쳐진 부채가 되어 활짝 다가왔다.

"내 손이 너무 뜨거븐 기라⋯. 너무 뜨거버서 정신이 마 하나도 없구만. 이쪽, 이 왼쪽 어깨구만!"

덮치듯 젬마의 두 손이 유미의 왼쪽 어깨를 감싸버렸다. 순간 엄청난 열기가 유미의 어깨를 타고 온몸으로 퍼졌다. 그 정도와 속도가 너무 놀라워 유미는 '악!' 하고 자신도 모르게 비명을 질렀다. 어깨로 연결된 팔의 관절이 어이없이 꺾이면서 녹듯이 축 늘어졌다. 젬마의 손바닥은 화로였다. 요 몇 달간 무진 고생 중인 어깨의 통증이 그 열기에 녹는 듯했다. 사십 대인 그녀로서는 오십견이 빨리 닥치나 하고 크게 걱정하던 차였다.

자기 몰래 식복사가 무슨 넓은 핫 파스를 어깨에 순식간에 붙였는가 의심이 들어

"왜, 왜 이런 거죠? 무슨 파스 붙인 거 아녜요?"

하고 그녀의 얼굴을 봤다가 유미는 입을 벌린 채 다물지 못했다. 식복사가 전혀 다른 얼굴이 되어 주름진 두 눈을 꼭 감고 뭐라 뭐라 낮은 소리를 쏟아내고 있었다. 유미 왼쪽 어깨를 두 손

으로 꼭 덮은 채 혼신으로 방언 기도를 하고 있었는데, 유미 역시 방언이 예전에 터졌지만 젬마의 방언은 전혀 차원이 달랐다. 한 번도 들은 적 없는 방언이 방에 가득했고 유미의 어깨와 가슴, 오장육부 전체는 젬마의 손바닥을 통해 흐르는 뜨거운 치유의 은사로 차올랐다.

다음 날 유미는 젬마를 내심 기다렸으나 젬마는 성물방에 나타나지 않았다.

문을 잠근 뒤 열쇠를 사무실에 맡기고 발걸음을 옮기다가 로비의 카페 쪽에 젬마 비슷한 노파가 앉아 있기에 다가가 보니 바로 그녀였다. 젬마가 언제부터 그곳에 앉아 있었는지 유미는 의아했다. 낮 미사가 종료된 이 시간이라면 사제관에서 신부님 점심을 드려야 할 시간이기 때문이다.

"자매님, 안녕하세요? 지금 시간이 나시나 봐요? 어젠 정말 감사했어요. 정말입니다."

젬마는 물끄러미 유미를 바라보았다. 그러다가 자리에서 일어서려 했다. 유미는 당황했다.

"어디 바쁘세요?"

"물 마시러 갈까요."

"아, 제가 하나 뽑아 드릴께요. 잠시만요."

유미는 밝게 웃으며 서둘러 카페의 자판기에서 커피와 율무를 받아 같은 테이블에 자리했다.

"커피와 율문덴, 어느 것 드시겠어요? 전 상관없어요. 젬마님이 먼저 고르세요."

그 말에도 유미를 물끄러미 볼 뿐 젬마는 아무 말 하지 않았다. 그래서 유미 역시 그냥 두 개의 종이컵을 가운데 둔 채 젬마를 응시할 수밖에 없는 처지가 되었다.

"참 계단엔 그때 왜 계셨나요? 좀 궁금해서요. 저를 처음 본 것 기억하세요?"

"벽에 아기들 손바닥이 있다 아잉교. 엄마 손바닥도 있고 아부지도 있고….''

"네?"

"찍힌 손바닥들이 벽에 쫙 붙어 안 있능교. 수백 수천 개도 더 되제 아매. 내는 그 계단 벽에 찍혀있는 아기 가족들 손바닥 타일 구경 댕기구만."

이 본당의 웬만한 벽 하단부에 수백장 붙은 손바닥 인증의 타일 이야긴가 보다. 본당 건립에 기부금을 낸 교우들을 위해 남겨준 선물이랄까, 가족 수대로 타일 수가 비례했고 그 타일 수만큼 기부금도 당연 많았었다.

유미는 맨송맨송한 표정으로 식복사를 바라보다가

"참, 신부님 두 분 식사는 어떻게… 지금 점심시간 아닌가 해서요."

하고 말을 바꾸어보았다.

"손님이 와서 보좌 신부님도 밖에서 다 드신다 카더만. 내사

식복사 젬마 153

오늘은 저녁밥만 올리면 집에 가야제."

그 말끝에 젬마는 이미 식어버린 율무를 택해 단숨에 마셨다.

"싱그버라, 이런 걸 돈 주고 마시능교?"

젬마가 한심해한다.

"어제는 제가 너무 놀라 제대로 인사도 못 드렸네요. 한결 어깨가 가벼워졌답니다. 정말이랍니다. 자매님은 대단한 치유 은사를 받으셨네요!"

"안나 자매님은 마이 안 좋더구만. 그짝 어깨에 기운을 넣다 보이, 내사 집에 가서 힘이 다 빠져가꼬 굴신도 못 했다 아인교. 여러 달 아팠던 거 맞제? 병원에는 가봤능교?"

유미는 자신의 본명을 정확히 기억하고 말하는 젬마가 신기했다.

"동네 정형외과부터 다녔답니다. 아직 그럴 나이도 아닌데 오십견인가 해서 결국엔 대학병원까지 다녔어요, 너무 힘들고 아파서요. 특히 밤엔 더 심해 어깨를 감싸 쥐고 앉아 몸을 흔들면서 지새우기까지 했는데, 어젠 너무 홀가분하게 잘 잤답니다. 이런 적 처음이에요. 부탁인데 한 번만이라도 더 해주실 순 없나요? 어제는 미처 그런 부탁도 못 드렸어요. 이런 치유 기도 받은 거 처음이었고 너무너무 놀라서…."

그러자 젬마가 지금까지 퉁명했던 얼굴에서 전혀 다른 따사로운 표정으로 입을 열었다.

"신부님이나 수녀님은 그런 거 몬 하게 할 낀데? 성당은 영성의 집도 아이고, 교우끼리 아픈 델 나사주고 하는 거 싫어할 끼라예. 그케도 조은교?"

유미는 자신도 모르게 주변을 둘러보았다. 아무도 없다. 지금 본당 로비는 텅 비어있다. 더구나 로비 한쪽에 마련된 이 무인카페는 ㄷ자 형태의 가톨릭 관련 도서의 책장 겸용 파티션으로 둘러싼 구조여서, 카페 내부에 누가 테이블을 차지하고 있는지 로비에서는 알 수 없다. 유미는 고개를 크게 끄덕였다. 그러자 젬마의 두 손이 활짝 펼쳐지면서 유미의 환부를 다시 감쌌다. 어제처럼 뜨거운 열기가 다투듯 그녀 어깨 속으로 확 밀려들었다. 이미 젬마는 두 눈을 질끈 감은 채 무서운 속도로 방언을 토하고 있다. 유미는 자신도 모르게 '주님!' 하고 눈을 감고 사도신경을 떨리는 음성으로 서둘러 봉송했다.

치유가 끝나자 젬마는

"자신보다 더 어려운 사람을 위하는 맘이 젤인기라. 하느님은 그런 착한 사람을 골라 치유해주시는 분인기라…."

하는 말만 남기고 절름절름 사제관 쪽으로 사라졌다.

젬마의 놀라운 치유능력을 체험한 유미는, 자신처럼 아픈 친한 교우를 젬마에게 데려가고자 했지만 젬마는 대부분 거절했다. 이유는 너무 힘들다고 했다. 타인에게 두 손바닥으로 가슴 속 뜨거운 치유의 기운을 다 쏟다 보니 자신은 기진해서 걷기조차 힘들다고 답한 것이다. 그 말을 듣고, 식복사로서 쉬는 월요

일에 환우들 집으로의 방문을 유미가 조심스레 간청했는데, 젬마는 다른 사람 집엔 가기 싫다고 했다. 조용하고 편한, 시내 어느 전통찻집 같은 제3의 장소를 별도 권했지만 본당이 아닌 그 어디에도 그녀는 싫다고 했다. 젬마는 하루에 한 명 정도의 치유 기도가 거의 한계인 듯 보였다. 유미가 실례를 무릅쓰고 자신의 남동생 병세를 한번 하소연하자, 남자는 만나지 않는다고 젬마는 잘라 말했다.

그런 와중에도 젬마는 유미가 부탁한 환우 중 생활 수준이 매우 딱한 환우만 선별해서 가끔 만나주었다. 혼신을 다한 그녀의 기도로, 치유되어가는 상대와는 반대로 젬마는 삽시간에 형편없는 몰골로 변해서 유미로서도 다른 이를 더 권하기가 민망했다. 단 한 시간도 못 되어 영육의 거의 절반은 소진한 듯 보였기 때문이다. 치유 기도라는 게 아무나 베풀 수 있는 은사가 아니구나 싶었다. 상대방 질병이 역으로 그녀의 두 손바닥을 타고 젬마 자신에게 죄다 자리 이동하는 것 같았다.

부활 대축일이 지난 어느 날 오후, 유미는 처지가 아주 어려운 절친 중학교 동창을 데려왔다.

사전에 젬마가 동의한 타 본당 소속의 교우였다. 시내 변두리 지하상가에서 허름한 옷가게를 지키며 살아가는 그 동창은, 이미 유부녀로 아이가 둘인 유미와 달리, 결혼한 적이 없는 사십 대 독신이었고 최근 원인 모를 복통과 두통으로 고생하고 있었다. 물론 들른 병원마다 멀쩡하다고 했다.

그 동창을 숲속 벤치에서 마주한 젬마는 그날따라 싸늘한 눈빛이 되어 상대를 한동안 응시만 했다. 그러다가 젬마의 펼쳐진 뜨거운 두 손바닥은 바로 동창의 아랫배로 향했다. 유미는 놀라움에 감사의 성호를 그었다. 동창이 늘 고통받는 부위가 바로 그 하복부였다. 젬마의 주술 같은 방언이 시작되자 유미는 온전한 치유가 되도록 자신은 성물방으로 되돌아갔다.

그날 동창은 유미를 만나지 않고 가버렸다. 유미가 30분쯤 뒤 성물방을 잠그고 숲속 그 벤치로 가보니 아무도 없었다. 동창에게 전화를 했으나 받지 않았다. 유미는 조심스레 사제관 가까이 가보았다. 저녁 준비를 하는지 사제관 주방의 열린 창으로 예의 무표정한 얼굴, 절름대는 다리로 이리저리 다니는 젬마가 보였다. 이후 며칠간 동창에게 전화와 문자를 여러 번 했으나 응답이 없었다. 물론 젬마도 동창에 대해 입을 다물긴 마찬가지였다.

어느 날, 낮 미사가 시작되기 1시간 전쯤 유미가 본당 사무실에 들르자 새 사무실 직원인 세실리아 자매가 반갑게 웃으며 유미에게 인사말을 건넸다.

"성물방 자매님 안녕하세요? 어깨는 좀 어떠세요? 많이 아프시다는 말이 있던데 아녜요?"

사무장과 함께 올해 봄 본당 사무실로 이동해온 사무실 직원이라서 유미는 좀 조심스러웠다. 누군가의 갑작스런 추천으로 오게 된 그 두 사람은 모두 교적이 타 본당 사람들이었다. 보통은 본당 사람으로 추천을 받곤 했는데 이번엔 예외가 생긴 셈이다. 아마 본당에서 일할 만한 마땅한 사람이 없었나 보다.

"세실리아 님 감사해요. 저는 많이 좋아졌어요. 주님의 응답이 계셨습니다. 세실리아 님도 어디 아프신가요?"

"주님의 응답이 계셨다구요? 정말요? 전 늘 허리가 너무 아파요! 어떻게 응답이 이루어졌죠?"

이 대목에서 그녀는, 사무실 구석의 서류 캐비닛에서 뭔가를 찾고 있는 남자 사무장이 못 듣게, 목소리를 푹 낮추어

"정말이지 저는요 허리가 얼마 전부터 끊어질 듯해요. 사실 앉아 있기도요, 매우, 매우 힘들어요!"

오만상을 지으며 유미에게 투정을 부리듯 이리저리 허리를 뒤틀어 보였다. 그 모습이 무슨 앉은뱅이 춤을 보는 듯해서 유미는 입을 가리고 웃었다. 발랄한 세실리아가 좀은 귀여웠다. 자신보다는 스무 살은 어려 보이는데 오늘따라 양어깨가 봉긋 솟은 디즈니 영화 속 공주 옷차림이다.

"이쁜 옷이네요! 오늘 데이트?"

"어머 어떻게 아셨을까! 많이 튀나요?"

"아뇨. 이뻐요. 사귀는 분 계신가 봐요?"

"스펙이 아, 아주 좋은 분을 최근에 새로 만났거든요. 오머머 자매님께 다 말하고 있네! 저 화통한 거 맞죠?"

"좋을 때시니 뭘 어떻게 꾸며도 괜찮을 거에요, 자매님은."

소리 높여 웃는 세실리아를 두고 유미는 열쇠를 챙겨 성물방으로 갔다.

유미의 소개로, 사무실 근무자인 세실리아를 식복사 젬마가 만나준 것은 여름 초입인 6월 하순이었다. 주임 신부가 그날 출타하여 혼자 남은 보좌 신부 식사만 마련하면 되기에 젬마가 그 틈에 세실리아를 보게 된 것이다.

본당 뒷마당 숲은 여름의 짙은 녹음으로 한층 어두웠다. 벤치에 마주한 세 사람은 간단한 기도부터 올렸다. 젬마가 세실리아 얼굴을 쳐다본다. 표정이 냉랭했다. 젬마의 얼굴이 그날따라 특별히 무거웠다 볼 순 없었지만 세실리아를 소개한 유미로서는 신경이 쓰였다. 그녀는 기도에 방해가 될까 봐 두 당사자를 두고 조용히 자리를 떴다. 이제 젬마의 치유 기도는 세실리아에게 온전히 집중될 것이다.

젬마의 두 손에 서서히 불이 붙었다. 곁에 앉은 세실리아의 옆구리를 향해 서슴지 않고 두 손이 뻗어갔다. 한참 엄청난 속도의 방언을 쏟으며 뜨거운 열기를 부어 넣던 젬마가 번쩍 눈을 치뜨고 세실리아를 정시했다.

"하나."

함께 기도에 빠져있던 세실시아도 젬마가 건네는 말에 눈을 떴다.

"네?"

"한 명이라고. 아기 하나. 뱃속에 살아있는 걸 하날 지웠다고."

"네에?"

세실리아가 경악했다.

"뭐, 뭐라구요?"

"1이라는 숫자가 내 머릿속에 떠올랐다 카이. 내사 마, 그 말 한 기라. 그래서 자매님 배가 아팠는지도 모르는 기라, 내 말 맞소?"

"무 무슨 그런 말을… 나, 그런 적 없어요! 아일 지운 적 없다고요!"

"내사 주님이 지금 알려준 걸 말해준 거 뿐이라꼬. 잘했고, 몬했고 그런 기 아이고, 그냥 숫자가 내 입으로 나온 기라."

세실리아는 자신도 모르게 젬마를 사납게 떠밀었다. 하체에 힘이 없는 젬마가 맥없이 벤치에서 땅바닥으로 굴러떨어졌다. 자신의 발치에 넘어져 뒤틀린 몸으로 꿈틀대는 젬마를 냉혹히 내려다보다가, 세실리아는 저 할멈이 절름발이였구나 하고 자각이 들었지만 버려둔 채 벌떡 벤치에서 일어났다.

"그, 그딴 소리 함부로 하지 마세요! 생사람 잡고 있네! …뭐 이런, 내가 낙태한 여자라고? 치유고 나발이고 다 집어쳐요! 뭐 저딴 게 다 있어? 기분 참 더럽네!"

세실리아는 황급히 그 숲을 떠났다. 곧바로 성물방으로 달려간 세실리아는 유미를 보자 쇳소리를 퍼부었다.

"도, 도대체 뭣 하는 분이죠? 그 식복사 할머니요?"

생각보다 일찍 돌아온 세실리아가 그렇게 소리치자 유미는 치유가 제대로 되었구나 싶어 반색했다.

"대단하시죠? 젬마씬 놀라운 치유 은사를 받으신 분이랍니다. 그렇죠?"

"그 노인, 이단 아닌가요? 마구 헛소리 지껄이던데요?"

"이단요? 젬마씬 교적도 있는 교운데요?"

"교적만 있으면 다 가톨릭인가요? 아주 거짓된 흉한 점사를 벌이는 할머니라고요!"

"치유 기도는 안 하시고요?"

"뭐, 날 보고 … 아니, 암튼, 이건 보통 일이 아니예요. 이단의 영을 덮어쓴 할머니가 신부님 식복사라니 말이나 돼요? 악령이 씌여도 유분수지…."

"악령요?"

"치유랑 아무 관계없는 황당한 점사를 늘어놓아, 너무 놀라서 지금 도망쳤거든요! 자매님, 난 두 번 다시 그 할머니 만나고 싶지 않네요!. 이건 보통 일이 아니네! 어떻게 본당에서 저런 사악한 이단이…, 벌써 많은 교우들이 협박당하거나 피해 본 것 아녜요?"

"아, 아니 잠깐만 자매님!"

놀란 유미가 붙잡았으나 세실리아는 홱 몸을 돌려 사무실 쪽으로 가버렸다.

유미는 서둘러 사제관으로 뛰어갔다. 들어가진 못하고 주변을 맴돌다가 젬마가 보이지 않자 전화를 걸었다. 전화는 연결되지 않았다. 통화를 부탁드린다는 문자를 젬마에게 보낸 뒤 유미는 사제관 뜰을 나와 성전 지하에 이르는 계단 맨 아래까지 갔지만 보이지 않았다. 숨이 차서 계단 바닥에 잠시 앉았던 유미는 주변 벽의 손바닥 황토색 타일들을 발견하고 가까이 들여다보았다. 모두 어른 손바닥 하나 가릴 크기의 정사각형 황토 타일이었는데, 선명히 눌러 찍힌 손바닥 흔적과 함께 송곳 같은 날카로운 금속 끝으로 남긴 글들이 보였다.

글 새김이 없는 타일은 없었다. 최 베드로 기도 올립니다, 우리 딸 임마누엘라 생일기념, 사랑하는 아내 로사의 세례축하, 손녀 베로니카 돌 기념 등 간단한 메모 옆에 연월일도 빠짐없이 기재되어 있다. 의외로 어린아이들의 앙증맞은 작은 손바닥이 많이 발견되었다. 심지어 갓 태어난 아기의 발바닥도 있었다. 젬마가 이런 흔적들을 보고 다닌다는 게 유미로서는 이해가 되지 않았다. 성전 최상층에 이르는 계단까지 다 올라가 봤지만 유미는 식복사를 발견하지 못했다.

다음날 오후, 성물 봉사 활동 비번이었지만 유미는 본당으로 갔다.

이미 낮 미사가 종료되어 본당은 여느 때처럼 고요했다. 사람이라고는 사무실 사람들뿐일 것이다. 유미는 사무실이 있는 로비를 통하지 않고 외곽 숲길을 우회해서 사제관으로 다가갔다. 오후 2시가 지났기에 신부님 식사도 이미 마친 시각이다. 숲속 순백의 마리아상은 여느 때처럼 맑아 보였으나 기운 빠진 희미한 미소로 유미를 응시했다. 오늘따라 그 조각상이 유미의 발걸음을 멀리서부터 지켜보는 기분이 들어 유미는 자신도 모르게 묵례를 올리고 그 앞을 지나갔다.

사제관에 이르니 젬마가 주방으로 통하는 외진 출입구 계단에 앉아 있는 게 보였다. 유미는 반가움에 "자매님!" 하고 불렀다. 그러자 젬마가 힘없이 고개를 들어 다가오는 유미를 보았다.

"젬마 님, 어제부터 문자도 드렸는데 아무 연락이 없어 제가 왔답니다. 괜찮으신가요?"

"머가 괜찮다고? 내사 마, 인자 다 안 볼랍니더. 그만 가소."

"치유 기도 안 하셔도 돼요. 그것 때문에 온 건 아녜요, 젬마 님."

"그라믄 와 온기요? 그쪽도 날 땅바닥에 밀치고 싶은 가베?"

"네? 땅바닥에요? 누가… 세실리아 자매가 그랬나요, 어제?"

"세실인지 네실인지 내사 모르겠고, 날 땅바닥에 내리치고는 휙 가버리데! 내사 굴신도 몬 하겠구만, 지금도!"

"정말 그랬다고요? 자매님 병원에 가보셔야 되는 건 아닌가요? 정말 그랬다면 제가 사과드릴게요. 근데 세실리아 자매도 화가 많이 났던데, 혹시 무슨 안 좋은 말씀이라도 하신 거예요?"

"아무 말 안 했소."

"무슨 점사를 봐주셨나요?"

"점? 점사가 먼데?"

"점치는 거요… 점쟁이나 무당이 하는."

"없소."

"네?

"나는 점치는 할망구가 아잉기라. 하느님 믿는 신자라꼬, 아주 쪼맨할 때부터!"

"정말 별다른 말씀 없으셨다구요? 아주 사적인 지적이라든지….

"나는 할 말 없소. 게다가 자매님 일이 아이라카이."

그 말을 끝으로 젬마는 계단 기둥을 붙들고 힘겹게 몸을 일으켰다. 유미가 바로 달려가 부축하려 했으나 뿌리치고 젬마는 주방으로 사라졌다.

젬마에 대한 나쁜 소문이 퍼진 것은 한 주가 채 걸리지 않았다. 본당의 나이 많은 수녀가 성물방의 유미를 찾아왔다. 연한 회색 수녀복과 동일한 색상의 베일을 쓴 수녀는 키가 매우 높았다. 보호구역의 담벼락에 하루 종일 기대어 서 있는, 모진 풍상은 다 겪은 북아메리카 할머니 인디언을 연상케 했다. 수녀복을 입고 있어 그렇지, 어둠 속에서 갑자기 모퉁이를 돌다가 마주치기라도 한다면 나무껍질처럼 딱딱한 늙은 남자로 오인되기 쉬운 용모와 키였다.

유미가 자리에서 일어나 밝게 인사를 건넸다. 수녀는 미리 작정한 것처럼 그 큰 키로 유미를 말없이 내려다보다가 입을 열었다.

"자매님, 요즘 우리 본당 내에서 구마나 퇴마에 관여하고 계신가요?"

"네에?"

유미는 자신도 모르게 소리를 높였다.

"식복사 젬마 씨랑, 그런 일을 교우들 대상으로 비밀리 행하시나 해서 한번 여쭈어보러 왔답니다. 주임 신부님이 매우 걱정하십니다."

"자매님, 잠시 앉아보시겠습니까?"

저녁 식사를 마친 주임 신부에게, 늘 마시던 블랙커피 한 잔을 마련해서 식탁에 젬마가 올리자 신부가 그녀에게 말했다.

한 번도 식탁에 앉아보라 말한 적이 없었기에 젬마는 의아했다. 어찌할지 모르고 주춤대자 신부가 손짓으로 식탁 맞은편 자리를 가리켰다. 젬마는 절뚝대는 걸음으로 다가가 건너편에 엉거주춤 앉았다.

"다리는 언제부터 그러셨지요? 무슨 사고라도?"

뒷 대답을 유도하듯 말을 줄이고 신부는 자신의 식복사가 어떤 사람인지를 새삼 살피는 듯했다.

"소아마비입니더. 아주 에릴 적부터 그렇심더."

젬마는 좀 의아했다. 그녀의 걸음걸이가 그러한 걸 신부가 처음 본 건 아니다.
"어려운 시절이지만 그때도 예방주사가 있었을 텐데요? 저와 비슷하신 연배 같으신데…. 예순은 넘으셨지요, 자매님?"
"예순 여섯임더."
절반 이상 남은 커피를 한 번에 홀러덩 입속에 부은 신부는 가글하듯 요란한 소리를 한참 내다가 목젖을 울리며 삼켰다.
"소아마비 접종을 못 하셨구나!"
"그런 거 맞은 적 업심더. 지는 예방주사 하나도 안 맞았심더."
"그렇습니까? 놀랍네요. 저도 동갑이지만 소아마비나 천연두 주사를 학교서 맞았거든요. 안 그런 아이들은 얼굴이 곰보가 되기도 했구요."
"맞심더. 우리 동네에 곰보 아이가 있었심더."
"정말 예방접종 맞으신 적이 전혀 없나요? 아님 기억이 안 나세요?"
젬마는 한숨을 쉬었다. 그녀를 혼자 단칸방에 두고 엄마는 밤이 늦어서야 먹을 걸 쥐고 돌아왔다. 고아나 다름없이 초등학교 2학년에서 학업이 중단된 젬마로서는 단 한 번도 학교는커녕 병원에서 예방주사를 맞지 못했다. 엄마가 한 번도 데려가지 않았다. 만 세 살 때 그녀는 전신이 뒤틀렸고 죽음에 이를 정도의 열병 끝에 발이 돌아갔다. 그런 아이를 두고 엄마는 새벽부터 밤까지 돈 벌러 나갔다. 초등학교에 입학은 했지만 심한 소아마비로서 혼자 등하교가 점점 불가능해 그녀는 퇴락한 월세방에 방치되었다가 엄마가 완전히 사라지는 바람에 보육원에 맡겨졌다.

젬마는 그냥 일어서려 했다. 같은 대답을 반복하기 싫었기 때문이다. 그러자 신부가 황급히 손사래 치며 그녀를 주저앉혔다.

"됐고요, 네 됐습니다. 그런데 마리아 자매님, 요즘…"

"마리아 아입니더. 젬압니더."

"아, 그러세요? 네 젬마 자매님. 혹시 요즘 교우들 상대로 이상한 일을 하고 있나요?"

젬마는 고개를 들어 주임 신부를 응시했다. 신부의 입에서 그런 말이 나와 그녀는 놀랐다.

"무신 이상한 일, 말입니꺼?"

"과거를 알아맞힌다든가, 점을 친다거나… 본당에서 권하지 않는 사邪가 든 행위나…."

"업심더. 그런 거 지는 몬합니더."

"그렇습니까? 지금 이런저런 말들이 많이 나와서 주임 신부인 나까지 알게 된 문제라서요."

"문제라꼬예? 무신 문젠가예?"

"신부의 식복사가 그러하다면 나에게도 영향을 주거든요. 실제 그런 적 있으신가요?"

"업심더. 저는 그냥 아픈 신자들 몸에 손바닥 대고 기도해준 거 밖에 없심더. 그것도 그분들이 저를 먼저 찾아와가꼬는…."

"그 정도라면 크게 누가 뭐라 하겠습니까? 그런 건 영성의 집을 이용하시면 되구요. 근데 이미 소문이… 어떤 멀쩡한 아가씨 교우에게 낙태 경험자라고 심한 모욕을 줬다는 말도 들립니다. 본인은 분명 처녀인데 말이죠. 그런 건 문제가 되거든요. 그건 점사도 아니고, 모함이자 사기, 협박이랍니다. 심각한 인격 모독도 되고요."

젬마는 입을 다물었다. 늙은 식복사가 떠들고 다닐 것을 염두에 두고 세실리아가 먼저 스스로 떠들고 다니는구나 여겨졌다.

젬마에게 그런 말을 들은 이들은 대개 두 가지 반응을 보였다. 대경실색하기는 똑같은데, 길길이 뛰며 불같이 부정하는 자, 혹은 사색死色이 되어 침묵하는 자였다. 그들 중 치유 기도 만남 뒤에 누가 뭐라고 떠들고 다니는지 젬마로서는 전혀 몰랐고 관심도 없었다. 어떤 성령의 말씀이 젬마의 눈을 빌려 자신도 모르게 치유 기도 중 본 것이 목구멍을 밀치고 터져 나왔기에 어찌할 도리가 없었을 뿐이다. 그렇게 그냥 숫자가 식도를 밀치고 나왔다. 어떤 이는 하나, 또 다른 이는 둘, 심지어 셋이라는 숫자도 터졌다. 물론 대다수 여자들에게는 아무 숫자도 떠오르지 않았다. 왜 그들은 떠오르지 않는지 젬마는 주님에게 물어보진 않았다. 그냥 숫자가 떠오르지 않는 여자들이었다.

"정말 그런 게 떠오릅니까? 자매님 눈에 보이는 게 사실입니까?"

신부가 매우 궁금해하는 얼굴로 젬마를 바라보는 바람에

"네. 그렇심더."

하고 그녀는 대답했다. 사실이기 때문이다.

신부는 흠칫 놀랐다. 젬마가 거짓말하는 것 같지 않았다. 신부는 자신도 모르게 주위를 둘러보았다. 뭔가 오싹한 기운이 그 방을 감싸는 기분이 들었다. 작고 단순한 식탁 하나 덜렁 놓인 사제관 식당일 뿐인데 그 방에 보이지 않는 뭔가가 있는 듯했다.

"어, 어떻게 보입디까? 그림이나 환영인가요? 아니면 어떤 강한 감정인가요? 그 말을 전하게 될 때는 무엇을 보았기 때문 아닙니까?"

"숫잡니더. 수가 그냥 떠오른 기라예."

"수라고요? 수가 어떻게 보입니까?"

신부가 가늘고 높게 소릴 질렀다.

"그냥 1 아니면 2라꼬 보였심더. 아주 드물었지만 3도예."

"3이라고요?"

"그런 적은 여태까징 한 번 밖에 없었심더."

"3이면 세 번 아닌가? 어떻게 그러고 살 수가 있나요? 저, 저야 잘 모르겠지만 여자로서 너무 위험하지 않나요, 세 번은?"

"다 죽을 고비를 넘깁니더. 그케도 죽임을 당하는 아이보다 더 하겠능교?"

마지막 말은 왜 나왔을까? 뱉고 보니 젬마 자신의 말이 아닌 듯했다. 분명 누가 그녀의 입을 빌리고 있다. 순간 굳은 얼굴로 일어서려는 그녀를 올려다보면서 신부가 다급하게 떨리는 목소리로 물었다.

"그, 그런 보임 능력이 우리 본당에 와서 처음인가요?"

젬마는 한숨을 내쉬었다. 자신도 그런 보임들이 힘겨운 듯.

"일 년은 되었심더. 여기 오기 전부터니까에…."

"낙태는 그렇다 쳐도, 그냥 태아를 놓치는 경우도 있잖습니까? 그런 여자분은 억울하겠지요."

"그런 사람은 안 떠오릅니다. 아무것도 안 떠올라에. 자연 유산이 아이고, 아이를 강제로 끌어낸 사람만 떠올라에. 숫자가."

"혹, 혹시 자매님… 아, 에, 또 그렇다면 말이죠…, 그런 일을 함께한 남자를 보면 같은 숫자가 안 떠올라요? 죄라면 당사자 남녀 둘 다… 같지 않을까요?"

많이 더듬긴 했지만 그가 진심으로 묻는 바람에 젬마는 선 채 신부를 가만히 내려다보았다.

"안 보입니더. 아무것도."

젬마의 말에 신부가 숨이 멎은 듯 정지된 자세를 유지했다. 머리를 지나치게 젬마 쪽으로 내민 자세라 목을 위에서 누른 듯 ㄱ 자로 꺾여 내려다보는 젬마 눈에 매우 흉했다.

"보, 보이지 않는다고요?"

"네 신부님. 와 그란지 남자들은 아무것도 내 눈에 안 보입니더. 그래서 지는 모릅니더."

"안 보인다…. 하지만 언젠가 남자도 보일지 모를 일이네요. 죄지은 여자들은 이미 자매님 눈에 보였듯, 죄지은 남자들도 낱낱이 보일 날이 올지도…."

신부가 혼잣말처럼 중얼댔다.

젬마는 그런 신부를 꽤 오랫동안 침묵으로 내려다보다가 빈 커피잔을 챙겨 나갔다.

다음날, 주임 신부는 젬마를 내보내고 새 식복사를 구하도록 사무실에 요청했다. 그 요청이 있은 지 이틀 뒤, 사무장이 나타나 젬마에게 '아직 온 지 1년이 채 안 되었지만 새 식복사를 구하게 되었다'는 통보를 했다. 젬마는 자신이 뭘 잘못했는지 말해달라고 했다. 사무장은 그냥 주임 신부님의 식복사인지라 주임 신부님 뜻을 따른다고 했다. 그리고, 그런 해고와 채용은 본당마다 자연스러운 일이라고 덧붙였다.

저녁 퇴근 시간에 젬마는 사제관 서재에 있는 주임 신부에게 갔다. 밤하늘에 먹구름이 가득했고 대기의 무거운 습기로 그녀의 가슴은 답답했다.

젬마가 절름대며 신부의 서재에 들어서자 신부는 보던 책을 탁 소리 나게 엎고 그녀를 무연히 바라보았다. 마침내 후두둑 비가 세차게 흩날리는지 쌀알들이 창에 자잘하게 부딪는 소리가 들려왔다.

"신부님, 사무실에서 지를 인자 일 그만두게 하네예. 지가 머를 잘못했는지, 여튼 다시 잘 하믄 안 됩니꺼? 신부님 입맛에 맞게 밥 준비도 더 잘 해보겠심더, 신부님에!"

그 말을 충분히 예상한 듯 신부가 비틀린 미소를 지어 보였다.

"괜찮아요. 다 좋았습니다 자매님. 다만 우리가 신경을 더 써줘야 할, 갈 데 없는 어려운 자매님이 계시더군요. 그래서 힘을 모으고 싶습니다. 아주 힘들고 어려운 자매가 당장 도움이 필요하답니다. 식복사 자리가 사실 요즘은 갈수록 사람 구하기 어려운 험한 직인데, 우리 본당은 다행히 그렇지가 않네요."

젬마는 신부의 말이 자신의 머리로는 잘 이해가 되지 않았다. 다만 형편이 더 어려운 사람이 있어 젬마가 그만둬야 한다는 대목에 이르러 자신도 모르게 신부의 손을 자신의 두 손으로 부여잡았다. 누가 보면 서 있는 젬마가 앉아 있는 신부의 손을 다정히 잡은 모습이다.

"신부님요, 저도 그렇심더. 지도 갈 데가 없심더! 오데서 다릴 저는 늙은 빙신을 받아줄 낍니꺼? 신부님요, 정말 지는 집도, 절도, 살붙이 가족도 없심더. 지를 내치지 마시이소. 이 젬마를 궁휼히 여기시고 받아주이소!"

"집이 없다니요? 날마다 집에서 나오지 않소?"

"없심더. 한평생 집이 없었심더. 집도 절도 없이 살았심더."

신부는 그녀와의 대화가 몹시 지루해졌다.

"자매님. 자매님에게는 더 뜻깊은 봉사자 자리가 준비되겠지요. 주님의 뜻으로 우리는 이를 받들 뿐입니다."

자리에서 일어서려다, 붙잡은 자신의 손을 식복사가 더 완강하게 쥐고 당기는 바람에 신부는 일어서지 못했다.

"시, 신부님! 말씀은 안 드렸지만, 지가요, 몸도 마이 아픕니더! 지는 이 본당에서 내쫓기면 아무 데도 못 갑니더. 여서 벌어먹어야 보험으로 병원도 댕기고 약도 쓴다 아입니꺼!"

젬마는 자신도 모르게 울음이 터졌다. 한참 울다 보니 신부가 무료하게 창밖을 보고 있어, 젬마는 그와의 대화가 부질없다는 것을 깨달았다. 잡혀있을 뿐인 신부의 손이 무슨 막대기처럼 보여 놓아버렸다. 게다가 더 이상 그녀는 서 있을 수가 없었다. 다리가 너무 아팠다. 신부는 의자조차 권하지 않았던 것이다.

"신부님은… 지한테 매우 잘 대해주신 분이라예. 지보다 더 딱한 사람이 있다카이 우짜겠능교."

"내, 내가 어떻다고?"

젬마는 신부를 내려다보다가 말없이 고개를 돌려 나갔다. 그 둘의 마지막 대화였다.

갑자기 퍼붓는 비로 주변이 온통 검은 장막을 드리운 듯 어두워졌다. 젬마는 비가 긋기를 기다리다가 장우산을 펼치고 기우뚱기우뚱 성당 언덕길을 내려갔다. 해고되어 떠나지만 짐이랄 것도 없었다. 늘 들고 다니던 허접한 검은 비닐 가방이 전부였다. 경사면을 따라 세찬 빗물이 사나운 계류가 되어 그녀의 발목을 소용돌이치며 콸콸 내려간다. 젬마는 몇 번이나 그 물살에 휩쓸려 넘어질 뻔했다. 언덕 아래로 대로가 보였는데, 빗물에 속도가 떨어진 차량들의 붉은 빛들이 이리저리 번지고 있다.

서둘러 내려가던 젬마의 우산 속으로 웬 중년 여자 하나가 뛰어들었다. 그녀는 우산도 없이 물귀신처럼 온몸이 젖어 있었는데, 젬마가 놀라 넘어지려 하자 허리를 잡아채고는 우악스레 끌어당겼다. 그 바람에 두 여자의 얼굴이 맞닿을 뻔했다.

"누, 누군교?"

젬마가 허우적대며 그녀를 밀쳤다. 그러자 여자가 젬마의 허리를 바투 쥔 채 나머지 손으로는 가방을 뺏어 들고 젬마를 끌고 당겼다.

"와, 와 이라능교? 누구라카이!"

젬마가 사납게 버텼다.

"자매님, 이야기 좀 합시다! 타 본당 다니는 교웁니다. 나도 가톨릭이고! 나쁜 년 아니라고!"

"와 캅니까? 가방 주소! 내 가방 아이가!"

"잠시면 돼요. 잠시만 저 아래 찻집에서 이야길 해요. 이야기 해야만 한다고!"

"싫쿠만! 내사 이야기 할끼 없다이! 와 갑작시레 사람을 잡아채는데? 누군교?"

젬마가 한사코 안 움직이려 하자 여자는 젬마를 언덕길 옆 후박나무 숲으로 밀어 넣었다. 여자는 완전 물귀신 꼴이다. 잎 넓은 후박나무 숲이라 그런지 빗물이 다소 덜했다.

"나, 한 달 전에 치유 기도 받았다구요! 기억나시죠? 친구 안나가 하도 권해 다른 본당이지만 왔거든요! 그날 내가, 내가 뱃속 아이 하나 죽었다고 말했죠? 왜? 왜, 그런 말, 하신 거죠? 누가 시킨 거지? 누군지 말해! 누가, 그걸 알고, 어떻게 알고, 당신을, 통해, 내게 말하게 했냐고! 누군가 당신과 짜고, 날 미치게 하고, 죽이려 하냐고! 누구냐? 도대체 어떤 놈이냐! 누구냐구!"

여자가 미친 듯 헷갈리는 말들을 마구 토막토막 토하면서 젬마를 뒤흔드는 바람에 두 여자는 빗물 바닥에 나자빠져 이리저리 함께 뒹굴었다.

"어느 놈이냐? 그 새낄 당신은 알고 있지? 날 강간하고 아일 배게 하고 달아난 범인 말이다! 내가 낙태시키자 날 잡아먹으려고 나타난 거 맞지? 당신, 그 새끼와 무슨 관계니? 그 새끼 지금 어딜 있냐고? 경찰에 처넣기 전에 오독오독 씹어 죽일 테야! 오데 있냐고!"

여자가 울부짖는다. 젬마는 죽을 것 같았다. 여자가 젬마의 목을 힘껏 쥔 채 이리저리 패대기치는 바람에 정신이 아득했다. 나둥그러져 있는 우산을 끌어당겨 여자를 이리저리 가격해보았으나 힘이 부쳐도 너무 부쳤다.

"아이쿠, 사, 사람 죽네! 사람 살려라아!"

"생판 모르는 놈한테 강간당하고, 뱃속에 자리 잡은 그 새끼씨를, 내, 내가 어떻게 하냐고! 내가 왜, 왜, 신세 조져야 하냐고! 왜, 왜?"

"내 모린다아! 그런 기 아이다, 이카지 말그라아…."

순간 여자가 갑자기 정지된 상태로 젬마를 뚫어져라 보았다.

젬마가 아니다. 갑자기 젬마의 얼굴 대신 눈부신 빛이 그 자리를 차지하고 환하게 여자를 되비추었다. 그 빛이 너무 밝아서 여자의 두 눈이 멀 지경이었다.

"그, 그냥 내 눈에 숫자가 보여서 나온 말이다아… 내는 모린다아!"

화들짝 여자가 젬마에게서 손을 떼고는 벌떡 일어나 뒷걸음치다가 정신없이 언덕길 아래로 달아났다. 젬마는 한참이나 물진창 속에 누운 채 빗물에 잠겨있었다. 여자가 왜 갑자기 사라졌는지 젬마는 생각할 여유가 없었다. 정신이 하나도 없었다.

성물방 유미가 젬마를 언급하는 낯선 남자 전화를 받은 것은, 젬마가 식복사직에서 본당을 떠난 지 이미 반년이 지난 겨울 초입이었다.

"혹시 이점애라는 사람을 아능교?"

나이 든 남자의 음성이 대뜸 귀를 울렸다.

"이점애라구요? 처음 듣는 이름인데요?"

"그, 그럼, 그쪽은 유미 씨가 맞능교? 안나라꼬 괄호 속에 적혀 있심더!"

"안나는 제 본명이고요. 맞아요. 왜 그러시죠?"

"교회 댕기능교? 아, 그러고 보이 이점애 할매가 어디 교횐가 성당에서 밥했다 캅디다. 우리 치유원 식당에 일할 때 그런 말들은 거 같심더!"

"식복사, 젬마님 말씀인가요?"

"젬마요? 그런 거는 모르겠꼬요, 암튼 키가 작고 칠순 다 돼가는 할매요."

"글쎄요. 젬마씨라면 우리 본당에 식복사하시다가 떠난 지 반년이 넘어서요."

"얼추 맞겠네! 여기 우리 자연치유원 식당에 일하러 온 기 반년 전이니까 맞구마!"

"받아 둔 자료가 없나요? 이력서 같은 거요."

"없심더. 호랭이 나올 산골짜기라 누가 일하러 와야 말이제. 그런 거 없심더. 오믄 다 받아주니까 그런 것 돌라 안 캅니더."

"근데, 왜 저에게 전화 주셨나요?"

가지산 자연치유원 직원이라는 남자는 젬마가 일주일 전에 사망했음을 바로 알렸다. 그곳 치유원에 밥 짓는 사람으로 반년 전에 왔는데, 일 시작하고 한 달쯤 뒤에 보니 온 전신으로 암이 전이된 중환자였다고 했다. 처음부터 아예 치료를 노리고 자신들의 치유원으로 찾아 들었는지 모르겠다며 그는 매우 투덜댔다. 치료비가 숱하게 밀렸는데 그 비용을 받아낼 젬마의 친인척을 찾는다고 했다.

"… 거처에 남은 자잘한 유품 쪼가리를 오늘 불지를 때, 댁 전화번호 종이가 나온 기라예. 혹시 고인 가족이나 친척 알 수 없습니꺼? 기초생활자라 그런지 전혀 친인척을 못 찾겠는 기라예! 그카고, 그 할매 여 있을 때 말도 못합니더. 치료비도 숱하게 밀렸제, 게다가 보는 여자들마다 낙태를 했니 안 했니 입을 하도 놀리싸서 여간 분란을 일으키지 않았다 아인교!"

유미는 그녀가 젬마임을 바로 알았다. 그녀가 사망했다.

"암튼 무연고자 담당 군청 공무원이 사람들을 시켜 화장장에서 태운 뒤 군 공원묘지 뒷산에 뿌맀심더. 큰 유품은 당분간 자기들이 보관한다고 공무원들이 가져갔고, 나머지 모아서 오늘 태우다가 그쪽 전화번호 하나 겨우 발견해서 전화한 건데, 우째 잘 모르는 갑네…. 우리사 돈을 받아내야 하는데 큰일 아인교! 몇 달 치 치료비가, 어데 한두 푼도 아이고…."

유미는 두 눈을 꼭 감았다. 감은 눈 속으로 뜨거운 뭔가가 차올랐다.

눈물이 났지만 자신의 아픈 어깨에 치유의 손길을 뻗어주었던 젬마의 얼굴이 도무지 기억나지 않았다. 그동안 본당 어느 누구도 젬마가 떠난 뒤 그녀에 대해 말하는 사람은 없었다.

한참을 멍하니 앉아 있던 유미는 자신의 기억을 복기하듯 지하 계단 쪽으로 걸어갔다.

어린아이와 그 부모의 손바닥 흙 타일들이 수없이 박혀있는 그 어두운 지하 계단을 내려가다 보면, 모퉁이 어디쯤인가 늙은 젬마가 앉아 있을 것 같았다.

*본 작품은 일정 부분 실화가 바탕임

한 줌의 빛

"에미 왔니?"

노인은 반가움에 표정이 해맑아져 어두운 문 쪽으로 고개를 젖혔다.

"에미, 온 거니?"

아무 대답이 없다. 노인의 가슴에 안긴 아이가 눈을 크게 뜨고 그의 얼굴을 빤히 올려다본다.

아이의 눈망울은 늘 또렷하면서 촉촉하다. 그 모습이 노인의 시선에 꿈결처럼 여겨진다. 촉촉하면서도 눈앞의 상대에게 초점이 깨끗한, 흔들림 없는 아이의 새까만 두 눈동자는 언제 봐도 가슴 뭉클했다. 아이를 가슴에 안고 일어서자 아이가 두 손, 열 손가락을 모두 사용해서 노인의 얼굴을 쥐려고 안간힘이다. 아마 딴에는 무슨 잡을만한 게 없나 하여 버둥대는 모습이다. 노인이 단단히 감싸 안고 일어나고 있음에도 아이는 방바닥에서 등이 들어올려진 갑작스런 중력의 변화에 겁먹은 얼굴이다.

거실로 나오자 어둠이 깊숙이 들어와 있다. 아무도 없다. 며느리는 아직 귀가하지 않았다.

"아가야, 배고파? 뭘 먹을까? 뭘 줄까요?"

그러자 아이가 반짝 눈을 더 빛낸다.

"하빼, 쭉쭉 쭉쭉 줘… 저기 저기서…."

아이가 한쪽 손을 뻗어 주방 구석 냉장고를 가리킨 뒤, 그 손으로 자기 입에 뭔가를 집어넣는 연속된 시늉을 한다. 이제 갓 세 살이 지났는데 제법 의사 표현이 정확하다. 아이는 노인의 어린 친손자다. 할아버지라는 호칭은 아직 힘든 나이지, 노인을 하빼라고 부른다. 아빠도 아니고 할배도 아닌 그 중간 어느 지점의 지칭이라 노인은 참으로 아이가 절묘하게 부른다는 생각이 들었다. 그건 에미가 가르쳐준 것도 아닌, 아이 스스로 고안해낸 호칭이다. 암튼 노인은 그 호칭이 기특했다. 노인은 며느리가 출근 시간 동안 손자를 돌봐주는 일을, 아이가 태어나서부터 지금까지 벌써 삼 년째 하고 있다. 아이가 만 두 살 때 어린이집에 다니고부터, 노인 혼자 아이 돌봄은 그나마 한결 수월해진 편이다.

노인은 냉장고 문을 열어 적당한 먹거리를 찾아본다. 며느리가 나름 아이 음식을 찬통마다 가득 만들어 두곤 했지만 아이는 잘 먹지 않았다. 그래서 거의 절반은 노인이 저녁이 되기 전까지 먹어치운다. 며느리가 실망하지 않도록.

노인은 아이를 식탁 유아용 높은 의자에 앉히고 앞 가리개를 목에 둘러준 뒤 음식을 준다. 아이가 전자레인지에 돌린 죽 종류의 저녁을 스스로 숟가락으로 떠먹기 시작한다. 얼마 전까지만 하여도 노인이 떠먹였는데 이제는 웬만하면 스스로 하려고 나선다. 그만큼 식탁은 소란하고 음식이 마구 흩어졌지만 아이는 모든 세상일에 이젠 적극적이다. 그런 성장 과정이 노인은 몹시 대견했다.

그날 며느리는 밤 9시가 넘어 귀가했다. 퇴근 시간으로부터 4시간여 더 지난 시각이다. 거실에서 아이랑 어린이 TV를 보고 있는데 살그머니 그녀가 들어왔다. '에미 왔니?'하자 '네.'하고 고개 숙인 채 그녀는 안방으로 사라졌다. 한참 뒤 샤워까지 했는지 온통 물기 상태로 거실로 나온 며느리가
"아버님, 이제 가시죠. 많이 시장하실 텐데, 제가 뭔가 차려 드려요?"
한다.
"좀 더 있어도 된다. 에미가 방에서 좀 쉬고 나와도 돼."
"아뇨, 괜찮아요. 아기 볼 수 있어요. 아버님, 가셔야죠."
며느리에게서 약간의 술기운이 넘어온다. 노인은 그런 기운을 부정하듯 그녀를 제대로 바라보지 않으려 애쓴다.
"알겠다. 잘 쉬거라."
노인은 자리에서 일어섰다. 아이가 두 손을 펼쳐 자신과 분리

되는 노인을 붙잡으려 허공을 휘저었다. 냉큼 그사이 공간으로 며느리가 잽싸게 들어와 아이를 안아 올리고 노인을 배웅했다.

"우리 씩씩이, 잘 자! 엄마랑 낸내 잘해!"

노인이 다시 다가가 아이의 뺨에 자신의 뺨을 부빈다. 늘 이 때마다 가슴이 미어진다. 내일 아침이면 다시 만날 아이지만 노인은 애틋하다. 아이가 손가락을 펼쳐 노인의 뺨을 이리저리 어루만진다. 그 아이의 손가락을 노인이 다시 쥐어본다. 노인의 얼굴을 톡톡 치는 아이의 손가락 힘은 당당했는데, 이상하게 노인의 손에 쥐인 아이의 손가락들은 힘이 하나도 없다. 다른 집 아기들도 그런지 노인은 늘 궁금했다. 노인의 손바닥 위에 놓인 아이의 힘없는 손가락들은 헝겊 조각보다 가볍다. 자신을 어른들에게 의탁할 때, 아이들은 가능한 힘을 죄다 빼는 생존전략을 나름 구사하는지 모를 일이다.

노인은 그날도 늦게 자신의 아파트로 돌아와 빵 한 조각의 늦은 저녁식사를 마치자마자 조용히 자리에 누워 바로 잠든다. 그래야 내일도 손자를 돌볼 힘이 비축되기 때문이다.

"이거 오늘 어린이집에 갈 때 꼭 지참해주세요. 낮에 준이가 마실 물이에요."

며느리가 조그맣고 앙증맞은 유아용 물통을 건넨다.

"어린이집에서 물은 늘 알아서 주지 않았니? 나에겐 아무 말도 없던데?"

"저에게 연락이 왔거든요. 아이들 각자 자신들이 마시는 물통을 준비하래요. 아마 그러는 게 어린이집도 안심되는 게 있나 봐요. 요즘 워낙 수질에 민감하잖아요."
"나에게는 아무 말도 없던데…."
노인은 자신이 같은 말을 반복하고 있음을 미처 자각하지 못하고 중얼댄다.
"저에겐 늘 연락이 와요. 낮에 핸폰 문자로요."
지나가듯 그 말을 남기고 며느리는 서둘러 출근을 위해 아파트 현관을 나선다. 현관문이 닫히고 잠시 뒤 쨍강하는 승강기 멈춤 소리가 들린다. 이윽고 며느리가 타고 내려갔는지 그 뒤로는 잠잠하다. 아이가 유아용 높은 의자에 앉아 노인을 향해 두 팔을 버둥댄다. 노인은 가슴이 다시금 벅차올랐다. 아이가 낸내, 낸내 하고 더 잠자고 싶다는 의사를 맹렬히 표현한다. 늘 일찍 깨워지는 이유로 아이의 보챔은 아침마다 반복된다. 아이는 아직 많이 졸린 눈으로 노인의 가슴에 얼굴을 파고든다.

초등학교 교사인 며느리는 자신의 아침 식사도 늘 거르고 출근했다. 그래서 이유식이 본격화되고부터는 아이의 아침밥 차림도 노인이 몫이 되었다. 어린이집 등원은 9시 30분이니 두 시간 남짓의 여유가 있다. 그러나 그 두 시간이 언제나 노인에게는 속전속결의 전쟁터였다. 우선할 일이 너무 많았다. 굳이 하지 않아도 될 일까지 해서 그런지 모른다.

노인은 아이를 안고 거실을 가만가만 거닐면서 조금이라도 더 재우려 등을 토닥였다. 아이는 노인의 어깨에 기댄 채 가는 실눈으로 다시 잠든다. 노인은 축 처진 아이의 두 팔을 자신의 팔 안으로 모아 아직 차가운 새벽 기운으로부터 온기를 유지해준다. 그렇게 삼십여 분 거닌 뒤 이것저것 준비물을 어린이 가방에 집어넣기 시작한다. 작은 우유 팩 1통, 물통, 여분의 속옷과 어린이 식반, 수저, 치약과 칫솔 등 단 한 가지라도 빠질세라 노인은 한쪽 어깨로 아이를 걸친 채 분주하다. 오늘 낮에 단체 산책이라도 나갈 수 있으므로 아이의 모자와 바람막이 상의도 챙겨 넣는다. 이러다 보면 아이는 대개 잠에서 깬다. 그러면 욕실로 데려가 세수를 시키고 양치를 해준다. 물에 닿기 싫어하는 아이에게 '세균, 세균이 생겨요! 눈에 눈곱도 세균이 밤새 생긴 거니 깨끗한 물로 씻어야지요!'하고 재촉한다. 유아용 칫솔, 치약, 거품 비누가 다 아기용 캐릭터라 아이가 천만다행 잘 다가간다. 이젠 그 캐릭터들은 노인에게도 익숙하다. 재방 삼방 어린이 TV를 아이랑 함께 봐온 덕분에 그들의 희로애락을 훤히 알고 있다. 바다탐험선 옥토넛, 슈퍼윙스, 짱구, 자두, 엉덩이 탐정, 레이디버그, 뽀로로와 친구들, 타요버스, 쨱과 팡…. 그중에서 노인에게는 자두가 파란만장 가장 불쌍했다. 손자가 자두처럼 악전고투하면서 자라면 큰일이기 때문이다.

잘 먹지 않으려는 아이에게 아침으로 겨우 몇 모금 우유 시리얼을 먹인 후 옷을 챙겨 입힌다. 밤사이 에미가 내어둔 등원복을 아이는 거부한다. 이제 세 살인데 의사 표현이 보통이 아니었다. '싫어, 싫다구 이 옷, 끼여서 힘들어!' 이런 일을 반복 겪은 후 노인은 미리 여러 벌 옷을 소파에 죽 늘어놓고 아이더러 고르게 한다. 그게 빠른 길이다. 아이는 스스로 고르길 좋아했다. 상, 하의 모두 고른 아이에게 이번엔 기저귀를 바꿔 채운 뒤 옷을 입히고 양말을 신기고 머리를 손질해준다. 그리고는 집 전체를 빠르게 소등한 뒤 납치하듯 아이를 어깨에 걸고 가방을 낚아채서 행하니 나간다. 어린이집은 다행히 몇 블록 인접 아파트 단지에 있어서 굳이 차량을 이용하지 않아도 되었는데, 다소 경사진 지점에 위치한 탓에 아침마다 바장이다 보면 온몸이 땀에 흠씬 젖는다. 여름에 폭우가 잦거나 겨울 영하의 빙판길이 되면 등하원이 너무 힘들었다. 아이의 두 다리가 사정없이 대롱대며 노인의 시선 곁으로 따라온다. 이건 아침마다의 진풍경이다. 오늘 봄 화단에 물을 뿌리던 경비실 노인이 입을 쩍 벌리고 그를 올려다본다. 맘 편한 웃음은 아니고, 누가 봐도 노인과 손자의 등원 모습이 가상한데, 그런 부러움과 안쓰러움을 겸한 어정쩡한 표정이다.

어린이집에는 이미 다른 아이들이 많이 와 있다. 벨을 누르자 선생님들 소리와 아이들 소리가 한꺼번에 쏟아진다. 언제나 그렇듯 선생님들 소리가 아이들의 소리보다 몇 단계 이상의 고음이다. 그에 비해 아이들 소리는 오히려 점잖을 정도다. 아이들 소리 위에 '얘들아! 얘들아!'하는 여선생님들의 날카로운 고음의

쉰 목소리가 묘하게 노인을 안심시킨다. 그 소리들의 울림이 나름 울타리가 되어 아이들의 든든한 보호막이 되고 있구나 했다. 냉랭한 분위기보다는 얼마나 다행인가. 노인은 마중 나온 선생님에게 인사를 하고 아이의 뒷 머리통을 손으로 밀어 숙이게 하면서 인사시킨다. 언제나 학부모와 선생님들의 인사가 서로 상승작용 하듯 활발했다.

아이들은 이상하리만큼 고개 숙이는 인사를 잘 하지 않으려 했다. 왜 그런지 정말 알다가도 모를 일이다. 내심 아이들은 잠자던 보금자리를 억지로 떠나 매일 아침 원치 않는 낯선 환경의 초입부터 만나게 된 선생님들에게 내심 분노하고 있을지도 모른다. 아이는 한 치의 밀림도 없이 냉랭하게 선생님을 올려다볼 뿐 들어갈 마음을 도통 갖지 않는다. 더러 고음의 비명으로 울부짖으면서 안 들어가려는 아이에 비하면 준이는 양반이다. 준이를 밀어 넣어준 뒤 돌아 나오다가 노인이 한마디 한다.

"참, 선생님. 아이에게 긴급한 연락이나 문제가 생기면 저에게 연락해주시겠습니까? 여기 제 핸폰 번호입니다!"

"아, 네. 그런데 저희랑 어머니랑 늘 문자하는데요?"

"그렇지요. 그래도 며느리랑 낮에 갑자기 소통이 안 될 때도 있잖겠습니까? 그 애도 직장인이라서 연락 전혀 못 받을 수도 있으니까요. 갑자기 우리 애가 아프거나 하면요."

"네… 그럴게요, 어머니랑 잘 연락 안 되면요…."

그런 단서를 어린이집 선생님은 놓치지 않고 달았다.

한 줌의 빛

노인은 다시 며느리 아파트로 와서 나름 청소를 시작한다. 싱크대를 먼저 깨끗이 하고 그 설거지가 끝나면 거실 화장실 청소를 했다. 아이가 자주 사용하는 화장실인지라 그는 매일 욕조와 세면대, 변기를 식기 수준으로 깨끗이 만들었다. 쓰레기 분리수거가 끝나자 이젠 앞뒤 베란다 물청소 차례다. 그것도 아이를 등원시킨 직후인 지금 시간대가 적당하다. 오후, 아이의 하원 시간 직전에 와서도 청소를 할 수도 있지만 그는 그러지 않았다. 하원 후에 아이와 조금이라도 힘이 비축된 상태에서 잘 놀아주려면 오전인 지금 집안일을 하는 게 마땅하다고 여겼기 때문이다.

30평형이라 안방에 화장실이 또 있지만 노인은 전혀 안방에는 들어가지 않는다. 나름 통제선을 설정했는데, 아들과 사별한 며느리 방에 그는 함부로 들어가고 싶지 않았고 그래서도 안 된다 판단했다. 앞뒤 베란다 청소조차 며느리가 싫은 내색을 했기 때문이다. '아버님! 그저 아이만 좀 봐주시면 됩니다. 제발 아무 것도 건드리지 마시고 아버님, 그냥 계세요!' 며느리는 늘 그렇게 만류했는데 그게 만류가 아니라 거부임을 노인은 그때 잘 몰랐다. 그런 오전의 일과를 마치면 자신의 집으로 일단 돌아갔는데 그때부터 아이의 하원 시까지는 온전히 노인의 시간이 된다. 그 시간대에 그는 간단한 주변 산보와 꿀 같은 낮잠 자기를 한다. 거의 변함없이. 그리고 정확히 오후 3시 30분, 아이를 하원시키러 자신이 전월세 든 비좁고 낡은 임대아파트를 다시 빠져

나간다.

그날 밤 며느리는 의외로 제시간에 퇴근했다.

퇴근하자마자 노인에게 말 한마디 없이 아이를 번쩍 올려 안고 안방으로 사라진다. 그러고도 한참 뒤에야 혼자 거실로 나왔다. 그 사이 아이가 기적처럼 잠들었나 보다. 그런데 맨정신인 며느리 두 눈이 붉다. 울고 나온 듯하다. 노인은 서둘러 현관으로 걸음 한다.

"씩씩이가 잠든 모양인데 에미도 푹 쉬거라. 낼 오마."

그러자 '아버님'하고 며느리가 착 가라앉은 어조로 부른다. 이런 종류의 부름은 거의 없었다. 며느리가 노인을 먼저 찾는…. 노인이 돌아보자 며느리가 입상처럼 서 있다. 이미 어둠이 내린 거실에서 두 사람이 마주한다. 노인은 가슴이 철렁한다. 이런 대면은 뭔가 위험하다.

"왜… 그러니? 나에게 뭐 부탁할 거 있니? 뭘 사다 주련?"

며느리는 아무 말이 없다. 그저 묵묵히 두 팔을 늘어뜨린 채 서 있을 뿐이다. 노인은 어둠 속 며느리의 키가 그렇게 무섭게 높아 보인 적이 없었다.

"아뇨. 아무것도 필요 없네요…. 낼 뵐께요."

순간 며느리가 사뭇 담담한 어조로 말한다.

"그래, 그러자. 잘 쉬거라."

노인은 문을 열고 아파트 어두운 복도로 조심스레 나갔다.

토요일, 오후 시간대에 며느리가 만나고 싶다고 했다. 한 번도 그런 적이 없는 제안이었다.

동네 어귀의 커피숍이다. 만남 시간이 오후 3시니 점심 대접과도 무관해 보여 노인은 신경이 쓰였다. 노인이 도착하니 며느리는 먼저 와 기다리고 있다. 아이는 어디다 맡겼는지 혼자였다. 다소 지쳐 보였으나 단정한 표정으로 그녀가 입을 열었다.

"아버님, 저 재혼할까 봐요. 아이가 곁에 없을 때 이 말씀 드리고 싶었어요."

노인은 대번에 눈앞이 침침해졌다. 어떤 경우에라도 피하고 싶었던 말이었다. 그러나 그 말은 결국 떨어졌고 그 충격이 독기로 번져 노인의 시야를 대번에 덮어버린다. 그가 한동안 말을 못하자 며느리가 말을 이었다.

"망설이면 더 어려워지고 문제만 커질 거라 봐요. 지금쯤은 결단을 내려야 할 것 같아서요."

"문제라니, 얘야···. 무슨 문제를 말하는 거니? 문제가 커진다니?"

노인이 겨우 며느리 말의 큰 맥을 짚어 되물었다.

"제 문제보다 아이 문젠데, 아이를 위해서도 가능한 서둘러야 하겠구나 싶어서요."

"무슨 말이니, 그게?"

"아이가 더 커서 상처받기 전에, 제가 재혼해서 적응시키고 싶어요. 이제 세 살이니 새 환경에 자연스레 빨리 적응시켜, 안 좋은 기억은….”

노인은 일부러 그러자고 한 건 아닌데 자꾸 며느리의 말이 이해가 되지 않았다. 한마디 한마디가 예사로운 말들이 아니어서 더 당혹했다. 그는 대화의 실마리를 잘 잡아야 한다는 생각이 번쩍 들어

"얘야, 물론 재혼해야지, 너 나이가 젊은데 어쩌겠니… 그래, 이 정도 이야기가 나온 거 보니 상대가 이미 있겠구나?”

"네.”

"그렇구나… 어떤 사람인지 물어도 되니?”

"같은 교사에요. 40대 후반인데 아직 미혼인 분이에요.”

"결혼을 전제로 만난 건 오래되니? 내가 이렇게 물어도 되는지 모르겠네.”

"1년은 되었네요. 다른 학교 선생님인데 괜찮은 사람 같아서요. 저보다 우리 아이에게요.”

"우리 아이에게?”

"그게 저에겐 최우선이거든요. 다행히 그분은 미혼이라 아이도 없습니다.”

"그런 사람이… 용케 있었구나.”

어쩌면 며느리를 비꼬는 것처럼 노인은 자신도 모르게 말을 던졌다. 그런데 그녀는 시아버지의 어투에 전혀 개의치 않았다. 단지 자신의 플랜 전달이 중요하듯 말한다.

한 줌의 빛

"아버님, 죄송합니다만 허락해주시면 감사하겠습니다."

"아니다. 언제까지 너가… 혼자 고생할 순 없는 거 아니니? 내가 허락하고 말고 할 그런 것도 없구나…."

"아버님도 이젠 여생을 좀 편히 지내셔야 하구요. 어머님도 안 계신데 아버님에게만 아이를 전담시켜 드려 늘 죄송해요."

"내가 뭐 힘들겠니, 아이 보는 낙으로 사는 사람이…. 상대 집안엔 누가 계시니, 어르신들이?"

"네. 두 분 부모님이 다 계세요. 건강하게."

노인은 목이 멘다. 아이가 떠나간다… 우리 준이, 우리 씩씩이가…."

"그분들… 이미 만나 뵈었겠구나?"

"네."

"너가… 아이가 있는 것도 다 이해하시고?"

"네."

더 이상 노인은 그녀와 무슨 대화를 했는지 아무 기억이 나지 않았다. 제대로 커피도 못 마시고 며느리와 헤어진 그는 이리저리 거리를 오랫동안 헤매고 걸었다. 처음인 듯 보이는 거리, 다 가오는 많은 타인들을 스치면서 그의 심장은 터질 것만 같았다.

그날의 대화로부터 두 달 뒤 며느리의 결혼식이 있었다. 며느리는 이미 재혼 준비를 거의 마치고 노인에게 통보해 준 셈이다. 그나마 신혼여행은 아이 때문에 보통 경우보다 단축했다고 하면서, 아이를 결혼식 날부터 돌아올 때까지 노인이 맡아줄 것을 부탁했다. 아무리 생각해도 달리 믿고 맡길 데가 아버님 외엔 없었다는 말에 노인은 묵묵히 아이를 안았다. 아이는 그 기간 동안 어린이집에 등원했고 돌아오면 노인과 함께 잠을 잤다. 아이는 천성이 착한 탓인지 아무 까탈 부리지 않고 할아버지와 잘 지냈다.

그중 하루, 노인은 아이를 데리고 아들이 안치된 시립추모공원으로 갔다. 며느리가 아이를 데리고 한 번쯤 왔는지는 알 수 없으나 노인과 아이만의 동행은 처음이다. 크면서도 엄숙한 실내 봉안당의 로비로 들어오자 압도된 듯 아이는 주위를 휘휘 둘러보았다.

"하빼! 여기 어디야? 뭐 하는 데야?"

아이는 신기하면서도 사뭇 겁먹어 보인다.

"여기, 우리 준이 아빠가 쉬는 곳이란다. 아빠 얼굴 사진 한번 보는 거다. 괜찮지?"

"여기 아빠 있어? 준이 아빠 여기 있다구?"

아이가 놀라 눈을 크게 뜨고 노인의 양 볼을 잡아당긴다.

노인은 부설 편의점에서 하얀 국화 한 송이를 샀다. 그는 아이를 안고 승강기로 3층 아들의 봉안당 복도를 찾아간다. 3층 모퉁이의 제례단은, 수직으로 피어오르는 향로연 내음으로 푸른 안개 자욱한 섬처럼 보인다. 노인 곁으로 드문드문 문상객들의 흐름이 상호 묵언 속에 꿈결처럼 지나간다. 그들 모두 무거운 슬픔에 이미 반쯤은 이승 사람들이 아닌 듯 보인다. 높다란 삼면

벽은 수많은 봉안함들의 서랍으로 빼곡하다. 더러 꽃이 붙어있기도 했고 무슨 사연인지 메모지도 부착되어 있다.
　가운데 단, 위로부터 5열째 칸에 명패 속 사진이지만 노인의 매우 젊게 보이는 아들이 자신과 준이를 향해 웃고 있다.
　"준아, 아빠다…. 우리 준이 아빠야!"
　노인의 양 볼에 대번에 주르륵 눈물이 흘러내린다.
　'여보 먼저 편히 쉬고 계세요. 사랑하는 아내와 준이가.' 아들의 그 작은 명패 속, 부기된 글들이 노인의 눈을 붉게 태운다.
　"얘야….'
　노인은 사진을 올려다보며 소리죽여 운다. 울음이 되지 못한 그 소리는 등 꺾인 짐승의 신음처럼, 틀어막은 입술 사이를 비집고 나온다. 아이가 무섬중에 왕하고 울음을 터뜨렸다. 노인은 서둘러 눈물을 훔치고 아이를 바투 안아 아비의 명패 쪽으로 들어올린다.
　"준아. 아빠다. 네 아빠다. 기억하겠니? 우리 준아, 아빠를 꼭 기억해야 한다!"
　"아빠? 왜, 여기 있어? 아빠가 왜 여기, 이 작은 데 들어있는 거야?"
　"준아, 아빠는 그냥 쉬는 거란다. 여기에 편히 머물면서… 작아도 편하고, 저 속에는 또 더 큰 집이 있단다. 아주 좋은 집이야."
　"하빼, 우리 아빠 볼 순 없어? 지금 못 만나는 거야?"

"준이가 좀 더 크면 만날 수 있어. 지금은 아빠가 바쁘단다. 조금만 더 크면 그때 다시 오면 돼… 알겠지, 우리 준이?"

아이가 손을 뻗어 명패 속 아빠 얼굴을 만져본다. 그리고는 아빠, 아빠하고 나직이 반복해서 불렀다. 노인은 아들이 갓 대학생 되었을 때 세상을 버린 마누라 얼굴이 갑자기 떠올랐다. 도대체 먹고 살려고 한평생 우리 부부는 무슨 짓을 다 했던가…. 이 골목 저 거리 그 숱한 좌판 행상 끝에 아내는 쓰러졌고, 화장장을 떠난 골분은 변변한 묘소도 못 마련하고 근처 야산에 산골되었다. 다행히 아들보다 먼저 죽어 참척의 고통은 면했지만, 손자 준이를 마누라가 지금 본다면 얼마나 좋아할지 눈에 선했다.

신행에서 돌아오자 며느리는 신랑과 인사차 들른 뒤 아이를 데리고 자신들의 새집으로 떠났다. 며느리의 아파트는 이미 타인에게 처분되었다. 그 집은 죽은 아들이 결혼 전에 장만해둔 아파트였다.

노인은 그토록 마음을 다잡았지만 손주가 너무 보고 싶었다. 며느리가 한 달에 두어 번 휴일 같은 날 시간을 내어 아이를 데려오겠다고 했는데 처음 두어 달만 그랬을 뿐 갈수록 뜸해졌다. 노인은 이후 여러 달이나 아이를 보지 못하자 정신이 다 혼미해졌다. 며느리에게 자꾸 전화로 재촉하기도 그래서 어눌하나마 문자를 보내보기도 했지만 며느리의 답문은 늘 느렸고 간단했다. 자기가 바쁘거나 아이가 좀 아파서 다음 기회에 가겠다는,

판에 박힌 문자만 오곤 했다.

어느 날, 일찍 시간을 잡아 노인은 언젠가 흘깃 들어둔 며느리의 신혼집 아파트를 찾아갔다. 생각보다 꽤 멀었다. 노인의 짐작에 그녀의 직장과는 과하게 멀다. 일부러 이렇게 멀리 가진 않았겠지. 아마 새 남편 재직 학교가 이 부근인지 모른다. 그는 신행집 단지 라인 입구 숲에 몸을 숨겼다. 이윽고 아이의 등원 시간이 되자 새 시부모로 보이는 70대 초반쯤의 두 노인네 손에 잡혀 아이가 아파트 현관을 나오는 게 보였다. 며느리 내외는 이미 출근했나 보다. 노인은 반가움에 눈물이 왈칵 쏟아졌다. 그러나 그뿐 더 이상 움직일 수 없었다. 아파트 단지 입구에 〈숲속 어린이집〉이라고 그래픽 된 노란 통원버스가 바로 도착했고 아이가 올라가자 그 미니버스는 떠나버렸다.

노인은 아이가 새로 다니는 〈숲속 어린이집〉 위치를 수소문해서 알아낸 뒤, 다음 날 아침 그곳으로 바로 갔다. 그런데 통원버스가 도착하자마자 아이들은 우르르 내려 곧바로 어린이집으로 들어가는 바람에 그는 아이를 부를 타이밍을 놓쳤다. 먼발치로나마 준이를 볼 수만 있다면….

그의 소망은 단일하면서 엄정했다. 뜨거운 열망으로 그는 아이를 기다렸다. 그렇게 1시간쯤 기다리자 단체 산책 시간인지 아이들이 열을 지어 밖으로 나왔다. 그러다가 아이가 그를 먼저 알아보고 하빼! 하고 놀라 달려온다. 그는 지나다가 우연히 만난 것처럼 둘러대며 아이를 안아보고는 얼른 내려주었다. 인솔 교사가 호둥그레 두 눈을 크게 뜨고 그를 쳐다보았다. 그는 아이의 친할아버지라 밝힌 뒤 지나던 길이라고 둘러댔다. 아이는 흥분하여 노인의 목 뒤로 두 손을 감고는 잘 떨어지지 않으려 한다. 그는 평소 아이가 좋아하던 과자를 손에 쥐여주고 '담에 또 보자, 아가야!'하고 내려놓는다. 아이는 거의 울상이 되어 과자를 손에 쥔 채 멀어져 가는 친할아버지를 응시했다. 노인은 가슴이 미어터질 것 같았다. 그러나, 그날은 아이를 안아봤다는 것만으로도 아주 행복한 날이었다.

"아버님, 그렇게 갑자기 어린이집에 찾아오시면 어떻게 해요? 거기 다니는 건 어떻게 아셨어요?"

"에미로구나….."

그날 저녁에 며느리의 전화가 왔다.

"아버님, 그러시면 전 많이 힘들어요. 계속 우릴 따라다니시는 거 아녜요?"

"애야, 무슨 말을 그렇게… 그냥, 우연히 알게 되었다. 우리 새끼 준이 일인데, 내가 알아도 되는 거 아니니?"

"아버님, 지금 우린 매우 조심스럽고 예민해요. 준이가 그쪽 부모님과 잘 적응하느냐 못하느냐 하는 게 준이 장래에 매우 중요한 거 아시죠?"

며느리 목소리는 이미 쇳소리가 되어 좁고 가늘게 솟는다.

"그래… 그거 중요하지. 그래서 내가 준이를 보면 안 된다는 거니? 그래서 도통 안 데려오는 거야?"

"죄송하지만 아버님, 좀 당분간 그래야만 할 것 같아요. 준이가 어리니까 오히려 기회라 봐주세요."

"에미야, 그게 무슨 소리냐? 기회라니… 난 도통 이해가 안 되구나."

그날 통화는, 내일 낮에 만나서 말씀드리고 싶다는 며느리의 말로 종료되었다.

바로 다음 날, 조퇴인지 외출인지 며느리가 노인을 낮에 만나러 왔다. 그 커피숍에서 노인은 자신이 매우 이상한 존재임을 알게 되었다.

"아버님, 미리 말씀을 드리겠습니다. 준이 성본을 변경하고자 해요. 무슨 말이냐 하면요, 새 남편 쪽 성과 본으로요."

노인은 정신이 확 달아났다. 설마 하고 눌러두었던 두려움이 보란 듯 활짝 날개를 펼쳐 그를 덮쳤다. 노인은 오랫동안 입을 벌린 채 며느리를 바라본다. 눈앞의 그런 표정이 짜증 난다는 듯 며느리가 주위를 휙 휙 좌우로 둘러보고는 크게 작정한 것처럼 말한다.

"어쩔 수 없을 것 같아요. 어린 나이부터 아무 혼란이나 스트레스 없이 잘 자라게 하는 방법은 그것밖에 없어요. 이제 커갈수록 새 아버지를 친부로 알고 자랄 것이고. 그렇다면 성본도 당연히 미리 변경해둬야 하거든요. 아버님, 동의해주시는 거죠?"

"왜, 꼭 그래야 돼?"

노인은 목 안이 머리카락 뭉치로 틀어막힌 듯 제대로 소리가 안 나온다.

"준이의 미래를 생각하면 그게 최선입니다. 초등학생만 되어도 각종 서류에 계부와 성이 다른 것 알면 준이가 얼마나 고통스럽겠어요. 더구나 학교서 아이들 놀림감이 되어 왕따로 전락할 수도 있구요. 요즘 아이들 얼마나 영악한지 아시죠? 한순간에 준이 인생이 끝장난다고요."

'그럼 그, 그게 내 탓이니?' 하는 노인의 말은 미처 말로 나오지 못했다.

"이혼이 요즘 드물지도 않은데 아이들이 무슨 왕따를 시킨다는 건지, 좀 지나친 생각 아니니? 나는 동의 못 하겠다. 물어봐야겠다."

"물어 보신다구요? 누구에게요?"

"준이 아비에게!"

"아버님… 무슨 말씀이세요? 준이 아버지라구요?"

"그래, 너는 지금 준이 친부에게 한 번이라도 물어보고 이러는 거니?"

"아버님!"

며느리의 말소리가 순간 날카롭게 솟구친다.

"사망자 아니에요? 무슨 말씀을 하시는 거에요?"

"죽었지, 이미. 준이 얼굴도 못 보고…. 그래도 마음으로, 너가 진심으로 준이 아비의 허락을 구해보기라도 해봤냐는 거다!"

"아버님! 저가 유일한 친권자로서 준이 성본 변경 심사재판에… 사실 아버지 동의조차 필요한지는 모르겠습니다만, 최소한 아버님께 미리 말씀드리는 건 저로서는 예의를 다 하자는 것인데… 암튼 말씀은 드렸습니다. 저는 바빠 먼저 가겠습니다. 그이는 이 세상에 없는 사람입니다!"

며느리는 벌떡 일어나 커피숍을 또박또박 걸어 나갔다.

그날 커피숍을 나온 노인은 자신의 주민센터로 바로 달려가 며느리의 말이 무슨 뜻인지 물어보았다. 가족관계증명서 발부 업무 담당의 젊은 청년이, 자신은 법률적인 건 확실하게 알지 못하지만 아는 대로 말씀드린다면서

"그 경우 법원의 결정문을 당사자가 가지고 와서 저희에게 신청하면 성본을 변경해드립니다. 새 아버지 성과 본으로요. 이 경우는 계부에겐 자녀가 전혀 없어, 아마 가정법원에선 더 쉽게 바꿔줄 것 같은데요?"

"그럼, 그럼, 우리 준이가 새아버지 자식이 된다, 그 말인감?"

"그건 아니고요, 서로 동거인이죠. 돌아가신 생부와의 친생 관계는 그대로 남습니다. 제가 알기로는요."

"성이 바뀌고 본이 바뀌는 데도요?"

"성본이란 것도 그저 같은 사람들이 공유하는 거라, 동일 성본을 가진다 해서 모든 사람들이 친생 관계는 아니지 않습니까?

그러나, 만약 새 아버지 밑으로 손자가 양자로 입양된다면 아예 친생 관계조차 남지 않고 그쪽으로 모두 가버립니다만….″

노인은 거의 매일 아침마다 어린이집으로 갔다. 아이가 통원 버스에서 내리면 바로 달려가 안아주고 볼을 부비고 등을 토닥여주었다. 동승한 선생님은 매우 뜨악해하는 표정이었으나 노인은 개의치 않았다. 이미 그 어린이집 선생님들은 모두 노인의 상황을 알고 있는 눈치다. 가능한 아이와의 접촉을 제어하려고 했지만 워낙 노인이 완강하여 주춤주춤 상황을 살피고만 있다. 그런 등원 상봉이 끝나면 이제 하루종일 산책 활동이라도 나올세라 노인은 어린이집이 빤히 보이는 벤치에 죽치기 시작한다. 운 좋게 그런 날이면 제법 아이와 동행의 시간을 단 5분이라도 가질 수 있었는데 그런 일은 일주일에 많아야 이틀 정도였다. 그래도 그는 오후 4시 무렵, 하원 버스에 아이가 오르는 그 순간의 만남조차 놓칠세라 거의 낮 전체를 어린이집 주변에서 머물렀다.

그러던 어느 아침, 등원 버스에서 아이가 내리지 않았다. 노인이 놀라 물어보자

″할아버님이 그렇듯 스토커처럼 구시니, 우리 원엔 그만 보낸다네요!″

인솔 교사가 쏘듯이 말한다.

″뭐, 뭐라구요? 준이 엄마가 이 어린이집에 아이를 보내지 않는다고?″

"다른 원으로 아예 옮겼습니다. 우리도 더 이상은 모릅니다. 혹 멀리 이사 가셨는지도 모르죠."

인솔 교사는 서둘러 남은 아이들을 어린이집 현관으로 몰고 들어갔다.

며칠 뒤 아침 일찍 며느리의 신혼집 아파트로 노인은 갔다. 그러나 노인은 아무도 만나 볼 수 없었다. 아이는 전혀 보이지 않았고 다른 어느 어린이집 버스에도 오르지 않았다. 동 입구의 경비실로 가서 물어보니, 그 집은 최근 어디론가 이사 갔다고 말했다.

"왜 오신 거예요?"

교정의 운동장을 가로질러 오면서 노인을 쏘아보고 며느리가 거칠게 말했다.

"수업 중에 정신이 하나도 없었다구요! 정문 경비실에서 전화가 왔다니 얼마나 놀랐는지!"

"미안하다. 교무실로 바로 찾아갈 용기는 없었구나… 에미가 이사를 갔더구만. 게다가 통 전화를 안 받으니 내가 갑갑해서 살 수가 없구나!"

"아버님, 죄송하지만 저도 할 말은 해야겠네요! 제 폰에 저장된 모든 번호가 실수로 다 날아가서 그랬구요, 암튼 이 안쪽으로 앉으세요…."

며느리가 교문 안쪽 숲속 벤치로 그를 잡아끌어 앉힌다.

"이사를 안 갈 수 있었겠어요? 아버님이 그렇게 준이 어린이집까지 무시로 찾아오시니, 이사뿐만 아니라 어린이집도 옮겨야 했다구요!"

"내가, 내가 뭘 잘못한 거니? 준이가 보고 싶은 것뿐이다. 준이만 보면 된다."

"분명히 말씀드리지만, 그건 준이의 미래를 망치는 일이에요. 아직도 이해를 못 하세요!"

"내가, 우리 준이를 내가 망친다고?"

"유복자로, 아버지 없이 그렇게 세상에 던져져야겠어요? 아버님이 제 재혼을 인정하신 만큼 준이도 새롭게 태어나야 해요. 이제 1년이 다 되어가니 새 아버질 생부로 알고 자라고 있어요. 태어나서 못 만난 생부를, 이제 새로 만나 아무 스트레스 없이 자라기 시작한다구요!"

"얘야… 생부는 따로 있잖니? 애 아범이 죽은 지 얼마나 되었다고!"

"혹시, 아범의 죽음을 저에게 원망하시는 거 아니시죠? 결혼 후 1년 만에 준이 아빤 암이었고 그것도 거의 말기였으니, 아내로서도 어떻게 할 수가 없었잖아요? 그리고 저 앞날에 대해 아버님이 한 번이라도 생각해보셨다면 그런 말씀 못 하실 거예요. 없는 사람은 없는 겁니다! 그리고 제 재혼은 저에겐 큰 의미가 없어요. 오로지 준이를 위해 살아있는, 새 아버질 붙여줄 뿐이에요."

"얘야… 너도 살고, 준이도 살아야 할 것 아니니? 너 새 남편이 너에겐 별 의미도 없다는 말은 듣기가 좀 그렇구나."

"그건 아버님 마음대로 생각하세요."

"얘야!"

"이제 준이도, 그분 양친을 친할아버지 친할머니로 인식하고 잘 지내고 있어요. 그 와중에 자꾸 아버님이 준이 앞에 나타나시면 아이가 언제 제대로 적응하겠어요? 아버님, 정말 죄송하지만, 이젠 산 사람이라도 제대로 살게 도와주세요!"

"나도 살아있다."

"아버님! 준이의 창창한 미래를 보세요! 그 애에겐 앞으로 100년의 세월이 놓여 있다구요! 아버님은 연세가 여든을 바라보잖아요, 지금."

"갓 칠순 넘겼다!"

"일흔여섯인 것, 제가 알고 있다구요. 야박한 말이지만, 아버님은 남아봤자 10년 남짓한 여생이신데, 우리 준이를 복잡한 출생 문제로 시달리게 하고 싶진 않습니다. 준이가 더 불행해지길 원하세요? 아버님, 정말 죄송한데요, 오로지 아이의 앞날을 위해 저는 최선을 다하고 싶습니다. 제 부탁이 그리 어렵고 몹쓸 말인가요?"

노인은 갑자기 세상이 노랗게 변했다. 며느리의 치고 드는 언변은 보통 준비된 논리가 아니었다. 별 준비 없이 무작정 며느리

직장으로 찾아온 노인으로서는 속수무책이었다. 노인은 머릿속이 텅 비는 듯했다.

"그래도 같은 하늘 아래, 너희들이 어디에 살고 있는지는 알고 싶구나…. 내가 친할아비로 나설 순 없다 하더라도 말이다. 제발, 제발 너 전화번호라도 남겨다오."

"그건 제가 수시로 안부 전화 드리면 될 문제구요, 저 이만 들어가야 해요. 아버님 때문에 순서를 바꿔둔 수업이 곧 시작되거든요. 그리고 제 직장으로 또 찾아오시면, 더 이상 아버님 안 볼 겁니다. 학교는 정기적으로 옮겨지니까요. 개인 정보상 교사의 근무지 이동사항 노출은 요즘은 불법이고, 범법행위라 아무도 알려주지 않을 겁니다."

"애야! 난, 난 뭐라도 좋다! 준이에게 그럼, 내가 외할아비라 하고 만나면 어떻겠니? 준이에게 외할아버지도 있어야 하지 않겠니?"

노인은 자신이 생각해도 방금 떠 오른 그 말이 참 묘수라 생각하고 며느리를 따뜻하고 촉촉한 시선으로 올려다본다. 자리를 일어서던 며느리가 실소한다. 그리고는 온몸으로 진절머리 친다.

"아버님이 제 친부가 된다구요?"

그녀는 노인을, 아니 시아버지를 빤히 내려다보고는

"그러고 싶진 않네요. 저에겐 처음부터 아버지가 없었거든요. 미혼모인 엄마랑 제가 어떻게 세상을 살아나왔는지… 전, 아버지라면 이가 갈려요! 준이에겐 외할아버진 없습니다!"

그것으로 끝이었다. 그날 이후 노인은 며느리조차 더 이상 보지 못했다.

그리고 한 달쯤 뒤 그녀로부터 마지막 전화가 왔다. 모르는 낯선 번혼데 받아보니 며느리였다. 공중전화를 사용하는지 뜬 번호가 그 흔한 핸드폰 번호가 아니다.

"아버님, 성본 변경보다 친양자 입양 심사재판으로, 오늘 준이를 정식 그분 아이로 확정받았습니다. 그래도 아버님에게 가장 먼저 알려야 하겠다 싶어서요."

"뭐, 뭐라고 말하는 거니, 지금?"

"성본 변경보다 그게 오히려 쉬웠어요, 생부가 이미 사망한 상태고, 친권은 저에게만 있어 법원에서도 쉽게 결정을 내려주네요. 더구나 양부랑 함께 살게 된 지 1년이 넘어, 친양자 요건도 잘 갖춰졌다고 변호사가 힘을 주셨어요."

"뭐가 뭔지 하나도 모르겠구나! 우리 준이가, 이제 어떻게 된다고?"

"준이 성과 본은 부수된 작업이라 한 달 내로 행정적으로도 바뀔 겁니다. 오늘 새 아버지의 정식 아들로 친입양 되었습니다."

"에미야! 뭐가 어떻게 되어도 난 좋다! 준이만, 그래 아주 가끔이라도 준이만 보게 해다오! 에미야, 정말 내가 이렇게 부탁한다!"

"아버님… 죄송해요. 암튼 오래 사셔야 해요. 준이가 미성년에서 성인이 되면 언젠가 알게 되겠지요. 그러니 아버님 그때까지 부디 건강히 사세요. 아이가 성인이 되면 출생의 비밀이란 누구 입에선가 반드시 드러나게 되고, 그 나이가 되면 아무래도 충격이 적을 거라 준이도 감당할 수 있겠지요. 그땐 꼭 뵈러 갈게요."

"에미야. 멀리서만 볼께! 너희가 어디 사는지 제발 알려 주려무나, 난 그저 멀리서나마 준이를 보면 된다. 아주 가끔, 아주 가끔 말이다!"

그것으로 며느리와의 통화도 끝이었다. 노인은 멸문滅門을 감지했다. 세상이 한순간에 무너졌다. 마지막 유일한 혈육이 자신의 움켜쥔 손가락 사이로 모래알 마냥 빠져나가고 있다.

노인은 휘청휘청 주민센터로 겨우 걸어갔다. 예의 그 담당자를 붙들고 며느리의 말이 무슨 뜻인지 부들부들 떨면서 물었다. 별다른 친척이 없는 노인으로서 누구 하날 붙들고 자신의 상황을 하소연할 수도 없었다. 마누라조차 세상을 뜬지 이미 20년이 넘었다.

"말씀을 들어보니 아마 며느리분이 친양자 입양재판에서 확정 판정을 받으신 것 같네요. 잠깐요. 제가 아버님 주민증으로 가족관계증명서 하날 떼 볼께요".

마음이 쓰였는지 담당 공무원 청년이 컴퓨터 작업으로 증명서 하나를 출력해준다.

"아, 아직 친손자로 나옵니다, 아버님! 이것 보세요. 그렇지 않습니까?"

떨리는 손으로 노인이 서류를 받아본다. 분명히 자신과 함께 준이가 한 표 안에 들어있다. 손孫으로 나와 있다!

"그런데, 조만간 이 서류 사라질 겁니다. 곧 가정법원의 결정문이 발부가 되는 대로 친양자 신고가 오겠네요. 계부의 친자로 등재되고, 그쪽으로 새 가족관계증명서가 시작되겠고요. 아이 성도, 본도 곧 양부 쪽으로 바뀌겠습니다."

"이 서류, 이 가족관계증명서라는 것도 이젠 없어진다고?"

노인은 기가 막혔다. 죽은 아들이 너무 원망스러웠다.

"아버님, 이 서류, 마지막이 될 수 있으니 기념으로라도 잘 간직하셔야 하겠습니다. 요즘 이런 성본 변경이나 친양자 재판 가정이 드물지 않습니다. 워낙 이혼이 많아진 세상이라서요."

"왜, 내가, 내 손주를 잃어버려야 혀? 멀쩡히 두 눈 뜨고… 무슨 잘못으로, 왜, 이 할비가 내 어린 손주 새끼 못 보고 살아야 하냐구!"

노인은 분절된 소리를 뱉으면서 눈물을 쏟았다. 무슨 이런 세상에 자신이 던져졌는지 도무지 알 수 없었다. 그는 성이고 본이고 친양자고 간에 아무것도 머리에 들어오지 않았다. 그저 아이만, 아이만 볼 수 있길 진심으로 바랄 뿐이다.

"성본 변경보다 친양자 입양한 것 보면, 할아버지 재산이 얼마이신지는 모르겠지만, 아마 그 상속까지 포기한 거라 며느님 결심이 단단하다고 여겨집니다만. 그나마 손자분, 성본만 바뀌면 손자는 새 아버지에게 동거인으로만 그쪽에 기재 되거든요. 그래서 할아버지 재산이 손자에게 상속 가능한데, 하지만 이제 이런 친양자 입양은 아예 그 계부의 정식 아들로 가족관계가 등재되는 거라, 법적으로 상속조차 남남이 되는 거로 저는 알고 있습니다."

노인은 입을 다물지 못했다. 사실이었다. 자신에게는 손주에게 물려줄 만한 변변한 상속재산이 없었다. 겨우 자신의 돈으로 이천만 원 보증금 걸고 몸만 들어간 저소득층 소형임대 아파트 전월세살이인데, 그나마 월세 이십만 원은, 며느리가 매달 입주권을 지닌 집주인에게 보내는 돈이었다. 상속할만한 큰 재력이라도 있었으면 며느리가 그렇게까지 손자와 자신을 갈라 세우지는 않았으리라는 생각에 그는 맥이 다 풀렸다. 자신은 며느리와 손자에게 짐만 될 노인임을 뼈저리게 자각했다.

이후 며느리는 단 한 번 노인의 아파트를 찾아왔다. 그러나, 그녀는 노인의 집에는 올라가지 않았다. 그녀는 경비실 경비원에게 김치통 같은 반찬을 전하고 그냥 돌아갔다. 바빠서 그런다면서, 가끔 올 테니 이것을 시아버지가 아파트 마당으로 나오면 좀 건네 달라고 경비실 노인에게 부탁했다.

그녀가 떠난 뒤 아무래도 김치라 쉬 쉴듯하여 경비원은 찬통을 전달하러 노인 아파트 호실을 방문했다. 오랜 벨 소리 끝에 겨우 노인이 문을 열고 얼굴을 보여준다. 그런데 노인은 며느리가 준비한 찬통엔 전혀 반응 없이 멍 때린 얼굴로 경비원을 필요 이상 쳐다보는 바람에 경비원은 머쓱해져 찬통만 건네주고 문을 닫고 내려갔다.

그가 경비실로 내려오자마자, 언제 뒤따라왔는지 노인이 자신의 핸드폰을 불쑥 내밀면서 손자 사진을 좀 찾아달라고 했다. 손자 사진이 여러 장 저장되어 있을 텐데 도무지 보이질 않는다 했다. 경비원도 노인인 탓에 핸드폰 조작이 매우 어설펐다. 다행히 그때 경비실로 택배 물품을 찾으러 온 젊은 입주민이 나타났기에 경비실 노인이 부탁하자, 대학생풍으로 보이는 그 남자는 이리저리 손 빠르게 핸드폰을 만져본 후, '갤러리, 카메라, 다운폴더 같은 앱에 아무 사진도 없네요.' 한다. '이전에 있었다면 누군가 잘못 만져 몽땅 삭제된 것 같다'하고는 자신의 택배 물품을 들고 가버렸다. 손주의 사진을 찾는답시고 노인이 마구 눌렀던 바람에 다 날아갔나 보다.

그 이후 노인은 누가 봐도 이상하게 변해갔다. 얼굴 전체와 목덜미께로 하얀 버짐 같은 게 확 피었고 며칠이 지나자 그것들은 수많은 피딱지가 되어 심한 얼룩으로 변질했다. 아마 그런 백화된 피부 껍질을 자신이 집요하게 뜯어내려다 피까지 내배인 모양이다. 목덜미도 그런 걸 보니 어쩌면 몸 전체가 그럴지도 모른다. 경비원은 진심 갈수록 쇠약하고 피폐해 보이는 노인이 걱정되어 피부과라고 가볼 것을 권했는데 정작 노인는 아무런 반응을 보이지 않았다.

가을 동안 노인은 아파트 마당 어린이 놀이터 벤치에 장시간 아무 말 없이 앉아 있기도 했다. 말 그대로 장시간이었다. 어떤 날은 아침부터 해가 기울 때까지였으니…. 지나던 주민이 더러 인사말을 건네도 묵묵부답이었다. 그러다가 언젠가는 자기 집이 어딘지 모르겠다며 심야에 아파트 단지를 떠돌아다녀 경비원이 집으로 데려가기까지 했다.

그해 겨울을 다 못 넘기고 노인은 시신으로 발견되었다. 악취가 난다는 아파트 주민의 신고로 경찰이 아파트 문을 따고 들어가 보니, 사망한 지 이미 여러 날 된 듯, 배와 등가죽이 붙은 바싹 마른 시신 하나가 천정을 향해 입을 벌린 채 거실 바닥에 누워있었다. 얼굴빛이 묵은 배 껍질처럼 노랬다. 관계기관에서 검시한 결과 노인은 아사餓死한 것으로 판명이 났다. 냉장고에는 먹거리가 제법 남아 있었고, 신발이 흩어진 현관에는 뜯지도 않은 쌀 포대도 몇 개 보였다. 아파트 주민들은 고독사라 하면서 소란했다. 노인의 머리맡 조그만 앉은뱅이 밥상 위에는, 정신이 잠시라도 들었을 때 작성해둔 듯, 자신의 유일한 재산인 전세보증금 이천만 원을 며느리에게 준다는 메모지가 놓여 있었다. 그리고 준이를 부탁한다고 했다. 아주 짧막한 자필 유서였다.

어찌 연락 닿아 나타난 며느리는 부검 결과와 유서에 대해 별다른 의견을 내놓지 않았다.

해설
난폭한 세계와 마주한 삶의 비의
—신종국의 소설 세계

구모룡(문학평론가)

1.

소설가 신종국은 1987년 단편소설 「가대기의 노래」(≪부산일보≫ 신춘문예 당선)로 등단하였다. 「자전연보」(『문학저널』 2022년 겨울호)를 통해 그는 이 작품에 대하여 "소설 내용이, 빈한한 부두 노동자였던 내 부친이 실제 막노동으로 생을 마친 이야기"라고 하였다. 자전적 경험에 바탕하면서 가난한 가족의 궁핍한 삶과 영도 부둣가와 건너편 남항의 장소성을 유기적인 연관 속에서 매우 구체적으로 서술한 수작이다. 가족관계의 바탕 위에서 일인칭 주인공의 성장 서사가 축을 형성하고 있으며 때 이른 '아버지의 죽음'이라는 경험이 입사(initiation)의 형식이 되고 있다. 그런데 작가는 2020년에 이르러 첫 단편소설집 『마애암 골짜기』를 출간한다. 「가대기의 노래」로 등단한 지 30년이 지난 이후의 일이다. 이 소설집에 실려있는 여덟 단편은 작가의 말인 「새 출발을 위한 작별」이 진술하고 있듯이 1975년 작인 「순교시대」에서 2019년 작인 「마애암 골짜기」에 이른다. 지독한 과작이라기보다 아주 오랫동안 손을 놓았다고 하는 편이 옳다.

공식적인 등단 이전의 작품이 「순교시대」와 「조수」, 두 편인데 모두 습작이라 할 수 없을 정도로 치밀한 묘사와 짜임새 있는 서술 능력을 보여주고 있다. 전자는 가족 이야기이지만 여러 형태의 숙명적 죽음을 마주하는 주인공의 행동과 태도를 주목하게 한다. 어머니의 죽음 이후에 아버지의 첩이 죽자 함께 살게 된 이복 여동생이 아버지에게서 비롯한 폐결핵으로 또다시 죽음을 맞는 일이 주요한 사건으로 놓여 있다. 여기에다 주인공이 군대에서 자동차 사고로 다리를 잃는 와중에 맞은 상사의 죽음이 삽화로 끼어든다. 가부장제 하에서 여성이 겪는 고통과 군대로 대표되는 억압적 국가기구의 폭력성이 돌올하다. 「조수」도 아들 셋을 먼저 잃은 외할머니의 죽음을 계기로 참척의 한과 트라우마, 상처와 고통으로 얼룩진 그녀의 삶을 서술한다. 그리고 등단작 「가대기의 노래」에 이르러 일인칭 서술자인 '나'는 기일을 맞아서 창고에서 사고로 죽은 아버지의 삶을 회고하는데, 초기작 세 편에 모두 죽음이 라이트모티프로 등장하고 있음을 알 수 있다. 특히 아버지의 죽음은 경험과 상징에 걸쳐서 작가에게 중요한 삶의 계기로 작동한다. 그 하나는 아버지로 대표되는 세계를 직면하며 알아가는 인식의 과정이고 다른 하나는 스스로 아버지가 되는 성장의 과정인데,「가대기의 노래」이후의 첫 소설인「총」은 이 두 과정을 함께 아우르고 있다는 점에서 주목된다.

2.

「총」의 두 번째 문단에서 일인칭으로 극화된 주인공은 "나는 제대병이었고 세상을 관조하는 듯, 그러면서도 앞날에 대한 막연한 불안으로 차창 밖 수확이 거의 끝난 텅 빈 가을 들판을 우울하게 내려다보았다."라는 진술로써 군대 생활 이후에 닥칠 새로운 세계에 대한 기대와 불안의 심사를 나타내고 있다. 그런데 주인물은 "나는 시골 두렛꾼에 불과한 저 농악무 소리에 온몸이 죄이는 두려움을 감추지" 못할 정도로 어릴 때부터 무섬증과 두려움, 공포에 사로잡히는 경우가 많다. 이는 외부의 비의와 아버지의 세계에 내재한 억압과 폭력을 일찍부터 예민하게 감각하고 경험한 감수성에서 비롯한다. 이 소설에서 아버지가 지닌 "총"은 1970년대 이후 난폭한 한국 근대 사회를 상징한다. 총은 유혹과 공포를 동시에 견인하면서 아버지의 삶과 광주 민주 항쟁을 포개는 매개로 작동하며 나아가서 구체적인 사회 현실의 은유로 서술된다. 따라서「총」은 가족 이야기에 맴돌던 작가의 비전이 어느 정도 사회적인 것으로 확장되는 과정을 보여준다고 할 수 있다. 아버지의 세계에 대하여 소극적인 저항을 나타내던 주인물은 결말에 이르러 '아버지의 총'을 "강의 한가운데로 힘껏" 내던지는 형태로 한 세계와의 결별을 예고한다. 이와 같이 신종국은 「가대기의 노래」에서 아버지의 죽음을 서술한 데 이어 「총」에서 아버지의 세계로부터의 벗어남을 제시함으로써 나름대로 소설가로서의 위치를 세우게 된다. 하지만 「총」 이후의 탈주선에 대한 기대를 무색하게 작가는 침묵하며 거의 절필에 가깝게 생업인 교육에 전념한다.

첫 단편소설집 『마애암 골짜기』는 「총」에 이어 「사막의 달」, 「밤의 넋」, 「세상 속으로」, 「마애암 골짜기」 등 네 편이 더 실려 있으며 작가가 지닌 관심의 확장에 상응한다. 먼저 「사막의 달」은 일인칭 여성 서술자를 내세우고 있는 점에서 새롭다. 주제 또한 가족의 울타리를 넘어 학교와 국가로 나아간다. 학교라는 장치가 이데올로기적 국가기구임이 도드라지는 한편 관리자와 교사 그리고 학생 간에 위계와 불신이 팽배한 현실이다. 여성 교사의 분노와 폭력이 이와 같은 외적 억압에 기인하고 있음이 분명하다. 학교와 병영과 국가가 그 속성을 달리하지 않는 현실에서 가족관계마저 친밀성이 약화하는 가운데 주인공의 절박한 소외는 표제가 말하듯이 "사막의 달"과 같은 형국을 한다. 「밤의 넋」에서 일인칭 서술자도 교사인데 어느 정도 관찰자의 입장에서 '남해댁'을 찾아가는 어머니와 동행하며 그녀들에 얽힌 이야기를 소급하여 서술한다. 이 소설에서 아버지로 상징되는 폭력은 일본군 위안부로 끌려갔던 여성의 삶을 통하여 제국주의의 폭력으로 확장한다. 역사적 트라우마의 기억을 소환하려는 의도의 반영인데, 그만큼 신종국의 소설에서 폭력이 죽음과 더불어 라이트모티프임을 말하고 있다. 이는 「세상 속으로」에서 서울로 대표되는 근대와 변화 없는 고향, 둘 모두를 부정하면서 남성 중심 사회에서 억압받는 여성과 성적 소수자의 비극을 기입하는 등으로 폭넓게 해석된다. "내 나이 스무 살에 이르면서, 나는 세상이 나를 망치기 위해 악을 쓰고 있다는 쪽으로 생각이 굳혔다."라는 소설의 첫 문장이 말하듯이 서술자의 진술을 빌어 작가는 세계에 대한 회의주의를 드러내는데 어쩌면 이러한 의식이 소설 쓰기를 지연한 한 요인이 되지 않았나 생각한다.

소설집의 표제작인 「마애암 골짜기」는 2019년에 쓴 최근작이며 서울과 고향이라는 문제의식을 두고서 서울을 무대로 삼은 「세상 속으로」와 다르게 서울을 떠나서 고향을 찾아 서술하고 있다는 점에서 서로 대응하는 작품이다. 역시 "그는 순간 서울에서도 고향에서도 자기 삶은 이미 실패한 것이 아닌가 자문했다"라고 진술하면서 근대와 고향의 동시 부정을 의도한다. 근대의 도시가 진정성이 없이 훼손되었다면 고향은 생명과 순수가 보존되고 있으나 곧 수몰되어 소멸할 처지에 놓여 있다. 물론 이 소설에서도 형과 아버지의 죽음이라는 가족사적 트라우마가 드리워져 있다. 주인공인 동생 '명수'를 구하고 익사한 형을 따라 아버지가 자살한 비극을 지시한다. 여기에다 주인물이 지닌 출생의 비밀이 포개져 있으니 '저수지'와 같은 삶의 심연이 어둑하다. 어린 시절 대홍수에서 마을 사람들과 함께 살아남은 소이뿐만 아니라 암자에서 울려 나는 신비로운 "북소리"가 스님과의 운명적 인연을 이야기하는 데 이르러 이 소설은 마침내 숙명을 마주한 인생의 비의를 드러낸다.

신종국의 소설은 처음부터 가난, 죽음, 공포, 트라우마, 폭력이 도사린 난폭한 세계와 이 속에서 우연과 숙명을 조우하는 인간상을 제시한다. 기본 플롯(master plot)인 가족서사에서 출발하여 외부의 세상으로 관심의 지평을 확대하였다. 이러한 가운데 진정성이 사라지고 관계가 해체되며 삶을 회의하는 인간상이 두드러진다. 고향 상실과 훼손된 근대와 맞닥뜨린 인물들은 좌절하거나 소외된다. 초기작은 대체로 경험에 기반한 일인칭 서술이거나 전지의 시점을 선택하는데 서서히 관찰과 발견의 방법으로 나아간다. 가부장제의 아버지 지배는 학교와 사회 현실과 연결되고 어머니와 여성은 수난과 억압의 대상으로 서술된다. 자기를 둘러싼 가족과 성장의 서사에서 나아가 숙명을 마주한 사람들의 삶을 이해하기 위하여 작가의 눈은 동심원을 그려가게 마련이다. 소설을 통하여 사회적인 것을 해석하려는 그만의 시선을 갖는 법이다.

3.

두 번째 소설집 『말하는 여자』는 「뛰는 아이」, 「물속 바람계곡」, 「말하는 여자」, 「인철이」, 「식복사 젬마」, 「한 줌의 빛」 등 여섯 단편을 싣고 있다. 첫 단편소설집 『마애암 골짜기』 이후의 근작들이며 그동안 작가가 확장해온 관심의 지평에 상응한다. 먼저 「식복사 젬마」는 소아마비로 신체적 불구를 안고서 고아로 자란 한 여성이 지닌 영성의 문제를 이야기하는데, 작가의 말에 의하면 허황된 가공이 아니라 실화에 기반하였다고 한다. 이 소설은 출생의 인연으로 이어진 스님이 자연의 힘을 고지하거나 죽음 이후에도 생명의 연기를 표출하는 「마애암 골짜기」와 넓은 의미에서 계보를 같이 한다. 교환가치가 지배하고 권력에 의하여 관계가 규정되는 사회에서 영성의 존재는 이해될 수 없는 타자가 될 수밖에 없다. 방언을 하고 타인을 치유하는 은사를 입은 "늙은 여자 젬마"는 성직자인 신부들조차 수용하지 못하는 이방인으로 배제되며 마침내 남을 구하기 위하여 자신이 입은 암으로 "가지산 자연치유원"에서 쓸쓸하게 죽고 만다. 「마애암 골짜기」에서 주인공 '명수'가 결말에서 인생의 비의를 알고서 충격을 받은 사실과 다르게 「식복사 젬마」의 주인공 '젬마'는 그녀를 아는 오직 한 사람, '유미'의 기억에 남을 뿐이다. 그런데 이 소설에서 주목할 대목은 영성이 작동하는 영역이 여성에 한정된다는 사실이다. '젬마'는 치유와 더불어 여성의 낙태 이력을 인지하는 능력을 지녔지만 그의 행위가 남성에는 미치지 않는다. 그만큼 남성은 죄와 악, 타락과 훼손의 편에 있다는 의미가 없지 않겠다. 이러한 사실은 작가가 어머니, 여성의 관점을 인식하고 이를 서사의 중요한 벡터로 활용하고 있음을 나타낸다. 가족 관계를 여러 층위에서 살피려는 의지의 소산이라 할 수 있겠다. '젬마'처럼 고아이거나 남성의 폭력으로 독신으로 살거나 가족이 해체되어 흩어지고 다시 새로운 형태의 가족 구성으로 나타나기도 한다. 이처럼 신종국은 영성의 실종뿐만 아니라 사회적 현실의 이면에 가려진 삶의 비의를 발견하려는 다양한 시도를 보이고 있다.

「뛰는 아이」는 이혼으로 친모와 계부로부터 외할머니에게 맡겨지는 아이의 심리를 이야기하고 있다. 이 소설에서 우리는 두 가지 변화한 관점을 알 수 있다. 그 하나는 남성과 여성을 선악의 이분법에 따라서 대체로 남성을 지배와 폭력이라는 악의 영역에 두는 관점의 전복이다. 이 소설에서 아이의 친모는 "아이 생부랑은 2년도 채 되기 전에 파토 났고, 두 번째랑은 3년 같이 살다가 이혼당하고는" 소설 속의 남성과 다시 결혼하였다 헤어져 다른 남성과 네 번째 결혼하여 사는 여성이다. 여성이라는 신체를 이용하여 거짓과 사기를 일삼는 악행을 거듭한다. 다른 하나는 아이의 심리를 설명하지 않고 아이가 뛰는 행위로 제시하고 있다는 점이다. 3인칭 서술에서 전지보다 장면을 통하여 객관을 부각하겠다는 의도를 보인다. 1인칭 서술이 많은 초기작에서 신종국은 심리 묘사나 내면 서술에서 뛰어난 능력을 구사하였다. 이러한 측면은 3인칭 전지로 서술한 「마애암 골짜기」에서도 잘 드러난다. 인칭과 무관하게 전지의 시점을 잘 활용한 셈이다. 근작에서 그는 객관 서술을 지향하면서 대화와 행위의 장면을 많이 보여준다. 그만큼 속도를 부가하여 가독성을 높이고자 하였다. 「뛰는 아이」의 경우에 아이의 외할머니 집을 찾아가는 다소 밋밋하게 진행되던 서술의 과정은 결말에서 아이를 두고 오던 밤길에서 "새끼 고라니"가 차에 부딪히는 사건으로 일순 반전의 계기가 된다. 로드 무비의 한 장면처럼 계부가 아이의 이름을 외치는데 '뛰는 아이'의 이미지가 그와 무연한 사고와 더불어 연상된다. 이렇게 하여 소설은 기아棄兒와 죽음이 아니라 다시 만남과 돌봄의 가치를 은근히 부각한다.

돌봄의 문제는 「한 줌의 빛」에서 "아들과 사별한 며느리"를 위하여 손자를 챙기는 할아버지 이야기로 번져난다. 소설의 주인물인 노인의 일상은 온전하게 손자를 돌보고 며느리의 아파트를 관리하는 데 바쳐진다. 아침이면 며느리의 아파트로 가서 교사인 며느리가 출근하면 손자를 챙겨 어린이집에 데려다주고, 며느리의 집을 청소한 뒤에 집으로 와서 낮 동안 잠시 쉬다가 다시 손자를 데려와 돌보다 저녁에 며느리가 귀가하는 데 맞춰 되돌아오는 하루의 일상을 반복한다. 하지만 이러한 그의 삶은 며느리의 재혼과 더불어 크게 흔들리고 만다. "아들이 갓 대학생이 되었을 때" 부인을 잃은 노인이기에 아들을 상실한 "참척의 고통"을 손자를 통하여 자위할 수 있었는데, 그만 표제가 말하듯이 '한 줌의 빛'과 같은 심리적 대체가 사라지면서 다시 심각한 우울에 빠지게 된다. "노인은 이후 여러 달이나 아이를 보지 못하자 정신이 다 혼미해"진다. 아이가 다니는 어린이집을 찾아가기도 하지만 마침내 며느리가 "새 남편의 성과 본을" 따라 손자의 성본을 변경하기에 이르면서 노인은 절망하게 된다. 거듭 손자를 만나려는 노인의 애닮은 행보가 계속되지만 이를 두고 며느리와 갈등만 커지다가 죽음을 맞는다. 이처럼 소설은 아내를 20년 전에 사별한 노인의 삶이 아들의 죽음과 더불어 변화하는 과정을 주된 플롯으로 삼고 있다. 익숙한 일상의 뒤편에 놓여 있는 낯선 비극과 복잡한 갈등의 양상을 해석하려는 의도가 분명한데 노년, 돌봄, 애도와 우울, 서로 다른 죽음들의 문제가 얽혀 있다. 여기에 대화 속에 담겨나온 "미혼모인 엄마랑 제가 어떻게 세상을 살아왔는지"라는 며느리의 진술이 더해지면서 복잡한 여운을 남긴다.

미혼모 모티프가 중요한 플롯의 벡터로 작동하는 소설은 「인철이」이다. 강간으로 임신한 아이를 미혼모로서 기르지 못하고 모르는 사람에게 입양한 '미자'에게 돌이 지날 무렵 병으로 아버지가 죽고 중1 때에 엄마가 도망간 뒤에 계부에게 폭행을 당하다 보육원에 가서 성장한 '인철이'가 등장하면서, 그에게서 자신의 아이를 연상하며 친밀감을 느끼는 과정의 이야기이다. 소설에서 둘은 마주 보는 관계이며 둘 다 주인물의 위치에 놓인다.

여기에 이들 사이에 놓여 있는 부차적인 인물이 '봉수'이다. 소규모 기계부품 공장에서 자행되는 노동 착취와 성적 폭력이 주된 사건이다. 여기에서 성적 폭력은 남성인 '봉수'가 미소년 같은 또 다른 남성인 '인철이'에게 가해지는데 이는 '미자'에게 오래된 트라우마의 기억을 환기하는 계기로 작용하며 부당한 폭력에 저항하고 자기를 방어하는 형태의 폭력으로 귀결한다. 고아와 기아는 신종국의 소설에서 자주 반복되는 모티프이다.「식복사 젬마」처럼「인철이」도 주인물이 고아이다. 이러한 사회적 소수자에게 가해지는 '봉수'의 폭력은 가부장적인 남성지배를 의미한다. 또한 이러한 사회적 관계에서 '인철이'의 편에서 '봉수'와 맞서는 '미자'의 선택이 지닌 함의가 크다. 단순한 인정과 보살핌의 문제를 넘는다.

  신종국의 소설은 유년의 상처나 성장 과정의 질곡에 관심이 유난하다. 또한 때 이른 죽음이나 가족 내부의 폭력이 빈번하다. 사회적 약자를 향한 시선도 도타운데 어쩌면 교육 현장의 경험에서 비롯한 게 아닌가 생각한다. 한편 작가는 가부장제와 결탁한 자본주의의 사회에서 소외되는 여성에 관한 관심을 줄이지 않는다.「인철이」의 '미자'에 이어서「물속 바람계곡」과「말하는 여자」는 상처와 고통의 기억을 안고 사는 여성 주인공을 대두한다.「물속 바람계곡」은 교통사고로 아이의 죽음을 목도한 여성이 그 사실을 부정하며 이전의 기억에 고착한 상태로 미친 듯이 살아가는 이야기를 담고 있다. "어촌마을 편의점"을 배

경으로 삼았으니 그동안 '편의점 소설'이 도심을 주무대로 한 데서 벗어난다. 주지하듯이 편의점은 많은 사람들이 들고나는 결절지에 가깝다. "심야타임 알바"에 나선 '석준'은 외부자일뿐더러 "여름 한 철" 한시적인 관찰자의 위치에서 편의점의 점장과 여러 고객을 살피고 그들의 행태를 전한다. 이러한 가운데 소설의 초점이 "죽은 자의 눈빛"을 한 여인에게로 옮겨지면서 소설의 무대가 편의점 일대에서 바닷가 정자로까지 확장한다. 여인은 아이를 잃고 남편과 이혼을 하였지만 여전히 아이의 부재를 인정하지 못하고 서로 인연이 있는 편의점 점장에게 따지거나 주위를 맴돌며 알콜 중독에 가까운 실성의 모습이다. 마침내 그녀를 추행하려던 남성이 그녀가 지닌 은장도에 찔리는 사건에 이르러 '석준'이 품은 모든 의문이 해소된다. 관찰자의 위치에 있는 '석준'의 시선을 따라가면 이 소설은 추리기법을 내포한다. 결말에 이르러 그녀의 "미친" 상태와 삶의 내력이 점장의 진술로 알려진다. 이 소설에서 실제의 사건들은 서술 대상의 여성이 지닌 트라우마에 비하면 사소한데, 그것을 알아가는 과정이 점층적인 플롯을 이끌며 영화 속 장면의 변환처럼 여러 장소를 통하여 이루어진다.

4.

　소설집의 표제작인「말하는 여자」는, 주인물인 '선자'가 외부에서 가해지는 부당한 위해와 폭력으로부터 수동적인 태도에서 벗어나 상처와 고통을 준 상대에게 사과를 요구하는 행위를 통하여 외상성 신경증을 해소하는 과정을 거듭하는 사건으로 서술한다. 어떤 의미에서「뛰는 아이」의 반복 행위와 연관하는 이 소설의 무대는 산복도로와 자갈치와 영도이며 등장인물은 타고난 숙명을 안고서 휘말리고 부대끼는 삶의 힘겨운 역정을 보여준다. 고아인 '선자'에게 혈육에 못지않은 보살핌과 사랑을 준 이는 보육원에서 만난 '순영 언니'뿐이다. 이들의 자매애는 "늙은 여 사감"의 폭행이 자행되던 보육원에서 비롯하여 그곳에서 나와 고기를 다듬어 파는 난전의 신산한 생활 속에서 변함없이 이어진다. 하지만 "갑자기 퍼진 자궁암으로 이 년 전에" '순영 언니'가 죽자 이혼 후에 혼자의 삶을 사는 '선자'에게 기댈 언덕은 사라진다. 고아, 아이를 낳지 못하는 여자라는 이유를 들어 이혼을 당하고 또 다른 남자를 거두지만 "이 남자도 전남편과 크게 다르지" 않게 '순영'을 성적으로 대상화하고 착취하며 지배한다. 어린 시절부터 외부로부터 가해진 상처와 고통은 마침내 그녀의 내부로부터 터져 나오기 시작한다. 자기의 숙명에 맞서지 못한 그녀에게 예기치 못한 정동적 사태인데 이러한 사건이 이 소설의 주요 플롯이다.

"…그녀는 그 심장의 격고가 그녀를 언제 어떻게 조종해서 길로 나서게 하는지 정확히는 알지 못했다. 느닷없이 쿵쾅대는 가슴은 그녀를 벌건 열기에 휩싸이게 했고 엄청난 두통이 저벅저벅 자갈밭을 밟으며 그녀를 옥죄기 때문에 그냥 뛰쳐나갔다. 기억이, 과거 자신을 쏜 화살의 정확한 출발점을 향해 그녀는 움직였을 뿐이다. 가슴이 뽀개졌기에 그녀는 자기 몸이 지령하는 바에 전력투구했다. 신기하게도 한바탕 그런 규명의 질문을 퍼붓고 돌아오면 자신은 상당 기간 안정과 고요를 유지할 수 있었다. 시야가 선명해진다고 할까, 호흡도 체열도 본연으로 자리 잡는다. 그런 효험은 고혈압약이나 안정제 주사도 못 해준 보살핌이다. 하지만 선자로서는 그런 심신의 순환을 미처 헤아리지 못했다. 그러기에는 그녀가 해야 할 일이 너무 많았고, 늘 시간의 틈바구니에 몸은 종이처럼 납작해졌다. 게다가 그 북소리는 갈수록 옛 기억을 자주 개별 소환했기에 선자는 부지불식 너무 힘들었다. 어떤 효험의 자각보다, 언제 진군해올지 모를 북소리에 재무장해야 했기에 얼굴은 피폐해졌다."

"자기 몸이 지령하는바"의 정동(affect)으로 분노하면서 그녀는 숙명에 맞서 자기의 인생을 찾아가고자 한다. 온몸을 변화시키고 움직이게 만드는 "북소리"는 단지 상처의 기억을 환기하는 데 그치지 않는다. 오히려 새로운 삶의 가능성을 나타내는 표지

이다. 이는 「마애암 골짜기」에서 울린 숙명의 북소리와 다르다. 오로지 외부의 장력을 걷어내고 주체로 우뚝 세우는 울림이며 자기를 말하게 하는 힘이다.

　숙명은 소설에서 결정론으로 작동한다. 태생의 조건, 죽음, 폭력의 얼굴을 한 이것은 여성과 사회적 약자와 소수자에 더 가혹하다. 현실은 이와 같은 숙명에 익숙하며 소설가는 이를 낯설게 바라보는 이들이다. 신종국의 소설은 난폭한 숙명의 세계를 마주한 인물의 삶과 행위와 말을 건져내고 있다. 그는 밝은 대낮의 세계를 말하려 하지 않는다. 오히려 어두울수록 보이는 배면의 삶을 드러내고자 한다. 그가 제시하는 소설의 방법은 숙명의 결정론에 맞서 생동하는 주체를 형성하는 인물을 통하여 인생의 의미를 되새기게 한다. 두 번째 소설집 『말하는 여자』 이후의 새로운 시작을 기대한다.

작가의 말

이 글들을 쓰기까지 어찌 편한 밤인들 있었을까….
글 쓰는 이라면 저의 이 말이 가슴에 와 닿겠지요.

그런 연유로 〈작가의 글〉이라는 이 작은 지면이지만, 애매한 은유나 상징의 소소한 심경 전달에 머물게 하고 싶지 않다. 그만큼 살아온 날들을 추억하자니 누구의 옷깃이라도 잡아 흔들고 싶고, 얼마 남지 않은 살아갈 날들조차 막막해서이다. 사람이, 인간으로 태어난 무슨 죄가 이러한지, 그저 나무처럼, 바람과 더불어 춤추는 풀이나, 구름 아래 흐르는 물처럼 살다 가기가 이다지 어려운지….

이미 주변은 피할 수 없는 관계의 그물, 피의 엉킴, 정신의 씨줄과 날줄을 촉수 삼아 내 감각의 피부로 시시각각 모스 부호를 두드리고 있다. 무언가를 말하려 애쓰고, 또 안아 달라, 일으켜 달라며 붙잡는다. 사실 나도 사람들에게 그러고 있다.

 깊은 골 외진 암자에 혼자인 스님도 괴로운 세상이다. 숱한 신자들의 죄를 귀 세워 들어야만 하는 신부님들이 중간에 그 좁아터진 고해실에서 뛰쳐나오는 모습을 나는 온전히 이해한다. 그 분들도 숨은 쉬어야 하는데.

 남자로 살다 처를 만나 딸을 얻고, 그 딸의 딸까지 근접해서 살아감을 지켜보니 여자들 삶이 비로소 보이기 시작했다. 경상도 남자의 너무 늦은 개안이라 해야 하나….

 남자로서 남자의 삶을 쓰는 것 못지않게, 아직은 한국에서 낮게 기운 상태의 여성 삶을, 악전고투하며 걷고 있는 그 현실의 고통을 들여다봐야 했다. 그러다 보니 부모의 선택에서 버려진 어린 아이, 주변 청소년 고아, 나를 포함한 소외된 고령인… 심지어 희생된 태아의 벌어진 입까지 눈에 들어왔다. 이번 작품집이 바로 그 소산이다. 피하고 싶은데 다른 데 쳐다볼 시간이 아니었다.

 이런저런 부대낌의 와류 속에 나는 삶의 이면, 생존하려 발버둥치는 충혈된 눈들을 더욱 직시했고, 버림받은 열패에 어찌할지 몰라 서성대기만 하는 그들 소외된 자들의 심장 소리에 주목했다. 그 역시 멀리 갈 것도 없었다. 내가 또 그들이었다.

 지난 작품집 『마애암 골짜기』에서 우리 사회의 생존 조건과

개별 노동상황의 지난함에 천착했음과 비교하면, 이번 『말하는 여자』는 사뭇 다른 관점들이라 나의 새로운 고집이 다 들킨 기분이다.

이미 썼던 책, 쓴 글의 미흡함 때문에 살기 싫은 적도 있었다. 그러나 이젠 그런 죄책감에 목을 죄거나 자학하진 않기로 한다. 과거의 나는 지금의 나와 공범이다. 변명의 여지가 없다.
전인미답의 글 소재와 주제는 우리들 머리 위 찬란하고 무수한 밤하늘의 별처럼 많다. 더 생각하고 더 고민해서 미래의 나도 계속 공범자가 되는 것이다.
내 문학의 길은 그 길뿐이다. 더 단단히, 더 짱짱하게 벼려진 정신으로 인간이 무엇인지 헤치고 나가야 할 것이다.

이번 단편집의 창작과 펴냄에는 적지 않은 분들의 우정 어린 정신이 스며있다.
늘 지켜보시고 격려해주신 조갑상 교수님, 황인규, 배이유 작가님 등이 그분들이다.
더구나 해설을 흔쾌히 써주신 구모룡 교수님은, 수십 년 전 『한국문학』誌에서 대학생문학상 받은 20대의 내 작품까지 소급해 찾아 읽고 세세히 분석해주셔서 너무 놀랐다. 거의 접신의 해설이다.
그리고 보니 내 거주지인 해운대에 대부분 모여 사는 분들이다. 그래서 자주 뵙게 되었나 보다. 반면 다대포에 사시는 김헌일 작가님, 더 멀리 바다 건너 서귀포의 임철우 소설가 형도 힘을 많이 주셨다. 덧붙여 단편소설이던 본 제목을 책 제목으로까지 정한 것은 황은덕 교수님 덕분이다. 그분이 그 소설 제목을 돈 주고서라도 사고 싶다고 예전에 말씀했는데, 팔아서는 안 되기 때문이다.

언젠가 요산문학관 마당 초입, 수줍게 비켜 서 있는 김정한 님 생가 보수 활동에 동참한 적이 있다. 생가를 둘러싼 오래된 수목의 전지 작업 끝에 버려진, 가늘고 긴 나뭇가지 하나가 눈에 들었다. 그 가지를 내 글 쓰는 골방 구석으로 모셔와 세워두고 글이 안 되어 멍해질 때마다 그 회초리로 나의 맨 종아리를 몇 대씩 내리쳤다. 나는 이미 젊지 않은 나이다. 게을러질 틈이 있어서는 안 된다.

이번에도 기쁘게 책을 내주신, 도화출판사의 인상 좋으신 김성달 님과 박지연 대표님께 진심 감사드린다!

가족들, 손녀 한가희랑 바닷가 싱싱한 물횟집에 한번 가고 싶다.

*수록작품 발표지면

1. 「뛰는 아이」 : 「산山소리」에서 제목 변경

   『문학저널』 2025. 봄호(서울) 및 『소설앤소설가』 2025. 겨울 창간호(서울) 재수록 초대작

2. 「물속 바람계곡」

   『문학저널』 2021. 여름호(서울)

3. 「말하는 여자」

   『오늘의 좋은소설』 2022. 봄호(부산) 및 『문학저널』 2022. 겨울호(서울) 재수록 초대작

4. 「인철이」

   『한국소설』 2020. 5월호(서울)

5. 「식복사 젬마」

   『한국소설』 2025. 11월호(서울)

6. 「한 줌의 빛」 : 「어떤 멸문」에서 제목 변경

   『주변인과 문학』 2020. 겨울호(부산)